中共陕西省委当代陕西杂志社
支持项目

蒋家坪纪事

梁生树 李彬 / 著

陕西新华出版
陕西人民出版社

图书在版编目（CIP）数据

　　山行：蒋家坪纪事/梁生树，李彬著.—西安：陕西人民出版社，2023.8
　　ISBN 978-7-224-14896-1

　　Ⅰ.①山… Ⅱ.①梁…②李… Ⅲ.①纪实文学—作品集—中国—当代 Ⅳ.① I25

　　中国国家版本馆 CIP 数据核字（2023）第 058177 号

出 品 人：赵小峰
总 策 划：赵小峰
策划编辑：朱媛美
责任编辑：赵小峰　耿　英
封面设计：杨亚强

山行
——蒋家坪纪事

作　　者	梁生树　李　彬
出版发行	陕西人民出版社
	（西安市北大街 147 号　邮编：710003）
印　　刷	西安市久盛印务有限责任公司
开　　本	890 毫米 ×1240 毫米　1/32
印　　张	7.125
字　　数	150 千字
版　　次	2023 年 8 月第 1 版
印　　次	2023 年 8 月第 1 次印刷
书　　号	ISBN 978-7-224-14896-1
定　　价	68.00 元

如有印装质量问题，请与本社联系调换。电话：029-87205094

Contents 目 录

第一章　古茶新叶

茶园往事　　　　　　／003

喝茶有瘾　　　　　　／011

凤凰涅槃　　　　　　／016

茶山葱郁　　　　　　／020

二次创业　　　　　　／032

第二章　青山之脊

年轻支书　　　　　　／039

扶贫五年　　　　　　／045

一封来信　　　　　　／053

老骥伏枥　　　　　　／063

第三章　土地之恋

平安之居　　　　　　／071

妇唱夫随　　　　　　／084

花甲创业　　　　　　／090

茶山元老　　　　　　／095

剞匠父子　　　　　　／100

第四章　乡风习习

父亲心愿　　　　　/ 109

长命百岁　　　　　/ 123

岁月静好　　　　　/ 128

梦醒时刻　　　　　/ 133

曾经沧海　　　　　/ 141

第五章　青年归来

"永远"返乡　　　　/ 151

小芳家事　　　　　/ 161

天边"彩云"　　　　/ 167

体制内外　　　　　/ 172

青年罗鑫　　　　　/ 175

第六章　乡村创客

导演人生　　　　　/ 187

站在风口　　　　　/ 192

励志明星　　　　　/ 197

汪家蒸面　　　　　/ 201

桃花源记　　　　　/ 207

此心安处　　　　　/ 212

后　　记　　　　　/ 217

第一章

古茶新叶

说"靠山吃山、靠水吃水"没错,但是"吃山"应该有正确吃法,绝不是去啃、去咬。还得敬畏它、养它、护它。你看这茶养了山,山养了茶,茶与山还养了蒋家坪人。

第一章 古茶新叶

茶园往事

出了308国道,仍然一路上坡,经过大大小小57个拐弯后,豁然开朗,蒋家坪到了。

陕南山区山大沟深、平地稀少,凡是叫作"坪"的地方,都是那种四面环山、山底略平的地形,如同碗底。蒋家坪这地方,虽然叫作"坪",但地处高山,而且那个"坪"大小不过20亩地的样子。

在山口这20亩平地上,村委会、平安居农家乐、茶叶加工厂和那棵很有象征意义的千年古茶树坐落在四周,围成一个天然的小广场,也构成蒋家坪这个村子的政治、经济、文化中心。

古茶树学名叫毛豹皮樟,也叫老荫茶、老鹰茶。古树保护名牌上写着它已有1250年历史了。根部足足有两人合抱粗,半人高处分出四枝丫,互相交错又互不相扰地伸向天空。

这棵茶树的树荫遮盖面约有半个篮球场大。夏天置身其间,周遭的燥热荡然无存。晴日里,树叶油亮发光,随风起伏。而下雨天，即使是滂沱大雨，树下依然保持着干燥，给人"超然世外"的感觉。

陕南种茶历史悠久，是古丝路贸易时期供应茶叶的出发地，但留存着的古茶树不多。蒋家坪这一棵在平利独一无二，据说在全陕西也不多见。

树老如仙，村里人常喜欢往树下凑，这里倒成了一个热闹的地方。

蒋家坪满山遍野都是茶树。

全村有 2540 亩耕地、2750 亩茶园。种茶树、做茶叶、泡茶喝，蒋家坪人长年累月围着这茶叶转，一顿饭可以不吃，一顿茶可不能不喝。有的人不仅茶瘾大，喝茶的讲究也大。

这不，一听见水壶开始咝咝地吹"口哨"，寇长胜就急急将水壶拎起，放在客厅的小方桌上，揭开水壶盖子。

趁这工夫，他取出一只蛮腰敞口的玻璃杯在自来水下冲了又冲，对着阳光照照，看见有一个指纹嵌在杯壁上，就哈了一口气，接着冲洗。

与其说是清洗杯子，不如说是为了打发开水从 100 摄氏度降至 80 摄氏度所需的时间。清明前采来的银毫细嫩，水温太高会被烫伤，茶香就大打折扣。

用手背碰碰水壶壁，发烫但不烙手。他打开冰箱的冷藏室，

第一章 古茶新叶

从塑料袋里抓一撮新茶置入玻璃杯,手指上全是纤细的白毫。

一道热水注入玻璃杯,茶叶翻腾、打转,大多数银毫漂浮于水面,透过玻璃杯望去,如同凌空起舞。

"老太婆,你快来看。嗬哟!"

门外的洗衣机在转动,电机声中老太婆听不到,没有任何回应。

"你快来看,嗬哟!"寇长胜像发现新大陆似的,兴奋不已,走出家门,再次朝老太婆喊。

"你说啥?喊我,准没好事!那堆脏衣服还没给你洗完……"老太婆笑眯眯地抱怨着,脚步向屋里挪动。她刚置换过人工盆骨,走路时有些踉跄。

"你看,这茶水是不是比之前的白沫少了?嗬哟!"寇长胜认真地问。

"没个正事!"老太婆刚进屋,一听这话,转身就要走。

"你别说,我也觉得衣服比以前洗得艳了。"一脚已跨出门槛,一手扶在门框上,老太婆笑盈盈地回了一句。更像是为了化解这次"无聊召见"的尴尬。

"嗬哟!"寇长胜心满意足地回应着。

"嗬哟"是他的口头语,有时表示感叹,有时表示吃惊,有时像是气短,更多时候什么意思都不代表。

今天的"嗬哟",完全是因为最近村里的自来水加装了纯净水设备,泡茶时少了水沫,便生出这么多的感叹。

一片茶叶、一杯清茶,对这对年近八旬的夫妇来说有着不同寻常的意味。

"嗬哟!那两个小伙子,操着花纹钢棍,不分青红皂白地往我和老伴儿头上抡。要不是有蚊帐挡了几下,早就没有我俩了。"讲起1993年那个夜晚发生的事,寇长胜仍心有余悸。

那时,他是凤凰茶场的承包人,也是村里的党支部书记。

凤凰茶场的地是1974年从林子中挖出来的,当时乡上成立了一个指挥部,周边12个村,每村包一片,挖了一个冬天。地整好后,是点的茶籽,不是栽的茶苗。那时对外称千亩茶场,实际只有800亩。

寇长胜从1964年起在洞子沟村(1994年并入蒋家坪)任党支部书记,1996年卸任,整整干了32年。凤凰茶场作为集体茶场,最好时期年产14000斤干茶。

"我当时的合同是和凤凰乡政府签订的,承包期为十年。嗬哟!"寇长胜花了好几分钟才从裤带上解下钥匙,打开床头柜的锁,取出一份用硬纸板夹着的合同。这是一份过期的法律文书,但寇长胜依然保存得极其仔细。

寇长胜承包时,凤凰茶场已过了盛产期,但一年也能产

8000多斤干茶。白天100多人上山采茶，晚上两班工人轮流炒茶。不少外县来的采茶工自带铺盖，露宿在茶山上，场面十分热闹。

尽管当时一斤干茶最贵时才卖3.57元，刨去人工费、承包费，也挣不到多少钱，但寇长胜还是招来不少人的羡慕、忌妒，甚至仇恨。

1993年6月的一天晚上，一个本村人伙同外村的两个小伙子，带着棍棒闯入寇长胜家，一通乱棍将老两口打倒在地。抢走了几十元零钱、几十斤茶叶，还有一沓记着6000多元账的记账单。

就在案件侦办一筹莫展时，神秘线人出现了。

"你是寇长胜吗？"一位自称来讨水喝的路人，环视了寇长胜家中一圈后突然开了腔。

"是！"头上缠满绷带的寇长胜惊讶地回答。

"能在你家里坐坐吗？"来人更显神秘地递话。

寇长胜支走妻儿，把来人带到卧室。那人一五一十地将作案者的信息做了讲述，许多细节和现场比较吻合。

案件告破，罪犯得到惩罚。法院判决行凶者附带4万元的民事赔偿。几年后，法院强制执行来一头小牛、一只羊羔，寇长胜卖了1200元。另外还有十几斤木耳，折价后作为法院的执行费。

经历这场生死，寇长胜看淡了许多事，茶场也转了手。

喝茶，成了他日常生活的一部分。有时喝茶为了醒神，有时喝茶能勾起回忆，有时泡上一杯茶半天不喝一口，似乎是为了打发时间，似乎又不是。

一大家人这几十年虽说也有磕磕绊绊，但日子总的来说越过越好。说到磕绊，有两件事：头一件是洪水冲了房子，被泥石流埋得只剩下屋顶；第二件是大儿子截肢。

2010年7月18日安康发大水，寇长胜家的老屋被冲毁。政府救济了1.7万元，寇长胜的两个儿子在村道边上并排修起了两套平房。

这洪灾，可是陕南山区当年的第一大灾，十年九灾，被水冲了田地庄稼、毁了农田道路，被泥石流冲垮房子，有时久雨土松，突然从山上滚下一块大石头，就把谁家房子砸个大洞。

所谓"洪水猛兽"，说的就是这些情况。这几年，灾情明显少些、轻些。蒋家坪人嘴上说茶园兴了，是那棵古茶树在护佑。其实心里明白，是因为这些年实施退耕还林、天保工程、禁伐禁牧，更重要的是不再开荒地、开山取石。

"人敬畏山了，山就不再发威。"当过支书，又经过水灾，寇长胜对此想得比别人多一些。

现在，老二平娃子比较省心，一家人在广东打工已有14年，每月有 2 万多元的收入，前年在老县镇买了楼房。但老大荣娃子不顺，18 岁时因病截肢，偏偏在广东打工的妻子三年前也生了大病，是村里的低保对象。

寇长胜老两口现在分别跟一个儿子过，老伴跟老大，因为她能帮着给有病的儿子、儿媳妇做饭，寇长胜跟老二，虽住隔壁却是两家人。

这也是农村最常见的奉养老人的方式，好处是相对公平，如果遇到一个老人有几个儿子的情况，老人大多一家住一月或是半年。当然，这种方法的坏处是把老两口拆散了。寇长胜好些，跟老伴门挨门。

寇长胜爱吃肉、口味重，而老伴王仁秀患高血压需吃清淡，两人各开各的灶，各做各的饭。有时对方做了好吃的，会端一碗过去。但有一种情况下，他俩会一起守在灶头。那就是每年新茶下来的时候，老两口会一起做茶，杀青、揉捻、干燥、炒茶，几十年的患难夫妻，此刻配合默契、心有灵犀。

大前年，平娃子给他爸的房子装了个摄像头，可以语音的那种。原因是寇长胜放在抽屉里的 2600 元、夹在火车头帽帽檐里的 1000 元钱被人偷走了。这让老人很伤心，老伴却挖苦他："你这叫活该，我平时找你要钱，你一分也不给。"

寇长胜说，其实自从扫黑除恶后，村里的社会治安明显好了起来,"要不怎说时下的政策得民心呢?嗬哟!"

在寇长胜心中,得民心的政策还有不少。

四年前,老伴王仁秀绊了一跤,医生告诉家人,要不置换盆骨,要不终身瘫痪。儿女们一合计,换!那么大的手术,报销后没掏多少钱,搁在以前,就瞎了!

荣娃子家一病一残,多亏有低保,生活倒不愁。"嗬哟!眼看着我大孙子长大成人了,这家肯定能翻腾起来的!"寇长胜比较乐观,"嗬哟!当年当村支书时,一年的工资才280元,包茶场纯粹是尽义务,你说现在的生活是不是没的说?"他现在每月有村干部生活补贴200元、养老金160元、高龄补贴100元,加上平娃子一个月给500元生活费,外地工作的小女儿每月寄1000元和四条烟,他对现在的生活心满意足。

2020年9月8日,寇长胜过80岁生日。一大家子七八十口人从四面八方赶了回来,在村里的平安居摆了几桌,大家在一起很是热闹。寇长胜说:"嗬哟!要说家人们能聚得这么齐,那还要感谢总书记,他一来,大家都以是蒋家坪村人为荣,外出多年的人都回来了!"

那天,两只黄豆瓣鸟儿不停地在堂屋飞进飞出。仔细一看,是房顶的吸顶灯脱落了一个螺丝,灯罩半耷拉着,黄豆瓣鸟夫妻在里面垒了窝。

雀鸟进屋垒窝，这在农村被视作大吉的事。为了让它们进出方便，寇长胜在窗户玻璃上敲了一个洞。这黄豆瓣鸟似乎通人性，半年时间里，从来没有在屋里撒过粪便。

喝茶有瘾

66岁的陈保平名下有大大小小十几间房子，那是拍卖来的。说起这拍卖过程，陈保平很得意。

2010年，撤并掉的村小学11间平房公开拍卖，起拍价3万元，每次加价500元，跟陈保平一起交竞拍保证金的还有另外8户人家。

拍卖一开始，有人加了500元，陈保平张嘴就加价5000元，直接将竞争对手"叫死"。

11间平房，加上男女厕所、一间锅炉房，还有一个大院子，陈保平和妻子张祥翠平生第一次感受到生活变得如此敞亮。

然而，当新鲜劲儿过去后，他们感觉到真正的敞亮生活不是由房子多少决定，关键看钱包是鼓还是瘪。

购买这院房子时，陈保平自己的积蓄不超过1000元，是代在外打工的女儿保管的5万元存款让他财大气粗，一招取胜。

女儿终归成了家，用了的钱是要还回去的。于是，"房奴"老陈外出打工，但他只在西安的工地上挖了一夏天的电线杆窝子，没挣几个钱就回了蒋家坪。一是因为怕热，"能把我热胀了"；二是忍不住茶瘾。

这茶瘾害人，喝不上家乡的新鲜茶叶，茶瘾一犯，恨不得立即回到村里，生撅着吃上几口新鲜叶子。

几万块账挂在名下，也挂在心里，老陈解决了茶瘾，却解决不了欠账。这钱没还，别看他一天端个大茶缸在村里转来转去，其实日子过得没多少滋味。

好事发生在2020年4月21日那个春和景明的上午。

起初，陈保平只是听说自家不远处的凤凰茶山上来了"大领导"，他想着可能是县长来视察。农民有自己的逻辑，陈保平判断来访者的官职大小，是看车队的长短。从这天的车队看，只有三四辆，充其量就是个县级水平。

当车队离开后，得知是习总书记来了蒋家坪，老陈惊得半天不吭声，感叹轻车简从让自己判断失误，更遗憾当了五年义务兵的老战士，没能站在家门口向领导远远行个军礼：那既是山里人的待客之道，也是一位农民发自内心的敬重。

陈保平想不到，就是这次看似与自己毫不相干的考察，让他成为一大受益者。

第一章　古茶新叶

隔几天，陈保平多次看见一个年轻人在他家院子外踅摸，有一次甚至拿出钢卷尺在丈量，他隐隐觉得可能会有好事发生。

过了段时间，这位叫习超的年轻人走进了陈保平家的院子，跟他商量房屋租赁的事。

习超是县里一家培训机构的负责人，他毫不隐讳地告诉老陈，自己想用这 11 间房子开办"两山学院"，让"绿水青山就是金山银山""人不负青山，青山定不负人"的生态文明思想深入更多人的心里。

"一年租金 5 万元，第一期签三年，后面再续约。"谈到实质问题时，爽快的习超，几句话把陈保平说到了梦境里：自己只花了 3.5 万元买的房，一年的租金就能达到 5 万元。是真的吗？

反复确认后，老陈愉快地在合同书上签下名字。他记得那是自己一生中写得最工整的三个字，比当年扯结婚证时的签字都认真。

名字一落笔，第一年 5 万元租金立即到账。按照合同约定，陈保平家搬到以往的男女学生厕所和锅炉房里，原来这些功能间通往院子的小门被封住，老两口住房的正门开在院墙外。

新住处 40 平方米，卫生间临时搭建在院子外的玉米地里。原来的女厕所被改造成主卧室，之前的男厕所被改造成厨房，由于没舍得铺地砖，张祥翠开玩笑说，厨房刚收拾完时，还能闻见淡淡的尿臊味，时间长了就被饭菜香盖过了。

生活的空间变小了，心里的空间却敞亮了。陈保平和张祥翠这次真正感受到生活的敞亮，这敞亮是腰包鼓起来的那种敞亮，以至于他觉得杯中的茶水都比以往清洌了不少。

对于三年租金的给付方式，习超曾经提出，如果老陈需要，自己可以一次性付清15万元。陈保平却没答应，他只同意一年付一次，一次给5万元。

农民的心思有时看似是直线，其实内里也有一些曲曲弯弯，陈保平考虑得很多。

除了女儿外，陈保平还有两个儿子。大儿媳家在云南，和前夫生有两个儿子，并做了结扎手术。再婚后，一心想为陈家留个后。在做了输卵管疏通手术后仍不能自然受孕，只能借助医学辅助技术受孕，前后花了十几万元。离过婚的二儿子最近谈了女朋友，准备在这一两年结婚。拿到第一笔5万元的租金后，不到24个小时，其中3万元已经有主了。

预付了1万元房屋改造的装修费，所有的材料能省尽省。大儿子历经千辛万苦终于要有自己的第一个孩子了，帮衬了1万元，不能老子吃干的，儿子喝稀的。二儿子正在热恋中，第一个儿媳就是因为受不了穷才走的，不能让这种悲剧重演，给他打上1万元，心里也展堂。

呵呵！至于买房时欠女儿的钱嘛，等第二笔租金到账后再还，反正她们不急用。

陈保平喃喃自语："这你就知道咱为什么不敢让人家一把付清三年的租金了吧。今天钱到手，明天就能花个精光，剩下的时间就只能用板凳面淘米了。"

"板凳面淘米"，意思跟"一干二净"差不多。陈保平这样盘算，跟他的经历有关。

陈保平当过五年工程兵，主要是在莽莽大山中打出巨大的山洞，那是为导弹、核弹建"窝"。他心里特别清楚，只有国家有了这些"大家伙"，自己将来才能安心地种粮、种茶。

2007年，县民政局干部上门来核实情况，开始给他发放优抚金。从最初的一年900元、1200元、3000元，到2020年7200元。想想自己当年打山洞时，一个月只有6块钱的津贴，"现在一个月的优抚金是当年津贴的一百多倍，只能说国家真的富强了。"陈保平说，"自己身在大山有远亲，这个亲人就是党和国家。"

刚退伍时，陈保平曾经是村上的培养对象，但是在入党预备期期间，因为大儿子四岁还没开口说话，他们要了二胎。

"个别党员，不听话，违反计划生育政策……"那段时间，村上的大喇叭时不时地广而告之。陈保平清楚，自己也是广播里的那个"个别党员",但他当年怎么也理解不了"为什么啥事都先从党员脑壳上开钻子"。因为超生这一污点,陈保平最终没能转为正式党员,成为一生最大的遗憾。

"说实话,直到十八大后,我才真正理解为什么啥事都先从党员脑壳上开钻子。"陈保平说,在独自喝茶时,他琢磨通了,那叫"打铁必须自身硬"。

凤凰涅槃

陈敬华这大半辈子有两件憾事:一件是当了几十年国家干部却两次错失入党的机会;另一件是作为凤凰茶山的开山元老,没能给茶山打下密植高产宽幅茶带的底子。

十几岁时,因为干活实在,他就在生产队里当起领工头。1969年公社招干,经生产队长极力推荐,19岁的陈敬华被招干到了公社工作。

得命运眷顾,他深知和老百姓处得好了是亲人,处得不好就是外人,所以跳出农门却不敢忘本。

1974年,凤凰公社决定在桐皮沟(属蒋家坪村)挖茶带、建茶场。作为林业干部,又是本村人,这个重任自然落到陈敬华肩上。

虽然从小在这片山上长大,也无数次地渴望能喝上家门口的茶,但要把这么大的荒山变成茶山,24岁的陈敬华心里完全没底,只有一点他格外坚定:"非要干成才算数。"

建茶场是全凤凰公社的大事,公社书记和主任坐镇,陈敬华具体操办,从茶场选址到组织先遣人员施工,由他全盘负责。

12个大队、43个生产小组,每个生产小组选派一个劳力,按大队分工,刀砍火烧开荒山、挖茶带。

茶山大会战很苦,这种会战带有半军事化性质,自带铺盖、集中劳动、集中吃住。早上6点多起床,12点午饭送上山,日头落到山下才放工,放工不能回家,住在当地农民家的院子里。43个开山小组大战20天,开出东边500亩荒山。

当年冬天,陈敬华从南方调回4吨茶籽。第二年,东山上点茶籽,西山上挖茶带,1000亩茶山就此有了雏形。在茶山还没有营收时,吃饭要靠自力更生,陈敬华带领这支临时组建的队伍,点完茶籽再套种玉米,喂猪、养鸡,烧砖、做瓦,建起了六间两层的厂房和四间平房。

凤凰茶场变得有模有样。

1977年,也就是茶籽点下的第三年,茶场开始出茶,收了300多斤手工茶,一斤卖不到20块。这收入,还不及当时养鸡、养猪收入高。大家有点泄气，但看到茶树成形，大伙儿就不敢再在茶山上套种玉米，好让茶树放开长。

这一年，同期兴建的茶场都迎来初产期，县上组织4个茶场的干部到南方国有茶场去取经。这次学习，陈敬华至今都念念不忘：两米五的宽幅密植高产茶带，采摘方便，好施肥，管理用工量也低，除草、采茶一律机械化。广东英德红旗茶场、湖南尚德茶场，当时这些全国最早、规模最大茶场的生产水平让陈敬华羡慕不已。

直到现在，每次看到茶山，他都不由得感叹："要是先去学习，再建茶山就好了。"他懊恼于自己没有早一点知道宽幅茶带的好处，懊恼于没有给这个倾注了几年青春的茶山打下好底子。

也是出于对当年失误的补偿，茶山修建产业路时，陈敬华自告奋勇当上副总指挥，其间两次险些丢了性命。

在一次检查施工的路上，明明不在规定的放炮时间，却突然听见炮响，眼看上面的石头就要落下来，陈敬华跳进旁边的玉米秸秆堆里，拼命往下钻，才逃过一劫。不久，同样的事情再次发生，这次是路边的一棵树救了他的命。

茶场经营步入正轨后，陈敬华觉得自己这份使命完成得问心无愧，郑重地向组织提交了入党申请书，但还没有来得及发展，他就被调动到东河乡工作。

此后,他第二次申请入党的事情又因为撤乡并镇被搁置。两次与入党机会擦肩而过,让陈敬华充满遗憾。但想想自己在茶山上苦干的岁月,自认为问心无愧,他的内心认定自己就是一名共产党员。

2002年12月,52岁生日刚过,工龄已满33年的陈敬华提前离岗,回到蒋家坪,回归田园。

回到村里,茶山的兴衰不由得让他挂念起来。修剪不够标准、管理不够科学,但承包者众多,每每看到这些都让他如鲠在喉,却也不便多说什么。

每月4200元退休金,自己种一点菜和粮,还养着鸡和猪,陈敬华很满意这样的晚年山居生活。

2021年,他做了心脏造影,腰椎间盘突出的老毛病也犯了,住了三次院,家里的三亩二分地让给邻居种了。

地可以不种,但茶还是放不下。三年前,他给自己挑了半阳半阴的四分地栽上茶树,去年开始产茶。他说:"口劲儿大、香味长、口感好,自己种的茶怎么喝都比买来的得劲儿。"

脱贫攻坚开始后,看着越来越多的村里人上山采茶挣钱,陈敬华终于对自己这么多年的懊恼释怀,也许是自我安慰:当年没有从建茶带开始就机械化,只是对经营者来说利润低一点,却更能带富于民,让更多村里人参与到茶产业链里来。

这几年，蒋家坪办起了四家茶叶公司，平均每年要产10多吨茶叶，年产值800多万元。每年有四五百人上山采茶，手快的一天能挣300多块钱，手慢的也能赚将近200块。

陈敬华说，靠山吃山没错，但吃有吃法，不是去啃、去咬，还得养它。你看这茶养了山，山养了茶，茶与山还养了蒋家坪人。

所以说，这茶、这山成了蒋家坪的宝。前些年，温饱靠它；这几年，脱贫靠它；将来，乡村振兴还得靠它。

茶山葱郁

每年第一缕春风拂过，便是春茶即将收获的时节。不同于庄稼的春种秋收，茶树能为种茶人、采茶人、卖茶人带来春天的收获，而这个季节大多数农民手头并不宽绰，所以有雪中送炭般的惊喜。

对于茶树的爱与呵护，大家的心思是共同的，但爱的方式各有不同，有时也会因爱的差异产生一点分歧。

2021年6月17日下午，原本该在蒋家坪茶叶农产品展销店里看店的罗延会，知道茶园的提水灌溉工程要动工，怎么都坐不住了,叫来小儿子罗永远帮忙看店,骑上摩托车就匆匆赶去茶园。

不一会儿,罗延会就发了一条"诉冤枉"的微信到朋友圈:"我这么好的茶园就这么乱挖,一声招呼不打,说挖就挖。就这样的坑要挖几十个,要毁我多少茶叶,谁来给我做主呢?"配图是被连根拔掉的茶树和已经挖好的大坑。

其实,对这个项目罗延会早有心理准备,他承包的茶园早在几个月前就立起了牌子,把项目介绍得一清二楚。而且就在前一天,罗延会和妻子袁守云还专门坐车到山下的黄洋河边,看过提水灌溉工程的进度。

黄洋河在山脚下汹涌奔流,住在山上的村民能看见水却用不上水,要把水从低处引到高处谈何容易?

那天,罗延会一路上兴奋地说着这个工程的好处与难度,但今天看到茶园在自己不知情的情况下被"破坏",心里还是特别不畅快:"一个字也没给我说,就在我地里挖坑,这气人不?"

儿子罗永远也气愤地说:"对啊,啥还没谈妥,就直接挖了,挖个啥子吗?"

过了几天,事情还是没有进展,罗永远就截图转发了父亲那条充满情绪的朋友圈,并配文:"有人管没?没人管我就去上报了。"

哥哥罗永康评论："我来管。"

这一天，罗永远专程带着自己的无人机去了趟茶山，航拍了一段他眼中的"罪证"，并将几队工人在茶园里挖坑的视频配上带有不满情绪的背景音乐，在画面上方配着大大的标题："蒋家坪茶山毁坏茶树随意施工！"

画面下方，他列出五连问："何人在破坏几十年的茶树情况下施工？施工前有没有和茶山承包人打招呼，并经过同意？施工人员是否按照设计施工？随意毁坏几十年的茶树是否合理，对于已经毁坏的老茶树是否需要赔偿？上述几条是否有相关部门人员来协调，在未协调出结果之前是否停工？"

罗永远将这条视频发布在了自己的抖音账号"蒋家坪—永远哥"上。

与此同时，罗延会也像"祥林嫂"一般，逮着空儿就跟人诉苦，不厌其烦地倾诉着自己作为茶山承包人的委屈。甚至还放出话说，修好了他也不用，水费电费那么贵，谁能用得起？

等了一个漫长的周末，罗延会终于熬到了与工程老板约定好的周一。罗永远一大早就开着车去茶山交涉，试图阻挡这场在他看来"程序不合法"的施工。

罗延会在村委会这边也酝酿着一出大戏，但是听说村支书寇清新去杨凌参加培训了，并且为期一周，更是满腹牢骚。看到联村干部、老县镇副镇长杨东上来,罗延会立马从旁边的门店冲到村委会门口,滔滔不绝地控诉起来。

"我正要找你,你就自己来了,你坐嘛。"杨东拉了把椅子坐下,开了腔,"第一,凡事都有利有弊,这肯定是利大于弊的事情,这个问题你要端正态度;第二,我也知道,你前期也说过,在你茶园弄,工程来了你要做……"

这时,副支书冯朝荣冲着罗延会没好气地说:"你还不是因为自己没有做上工程……"话还没说完,杨东一改刚才轻松的表情,皱起眉头,朝冯朝荣说了一句:"我在调解,你就别说了。"

杨东不让冯朝荣掺和这事是为他好,省得罗延会又拿冯朝荣儿子冯少华负责这个工程来说事。

冯朝荣立马站起来,转头进了自己办公室,还把门哐当关上。

杨东的情绪显然受到影响,把拿在手上的钥匙串放在桌上,停顿了几十秒,才又接着说:"现在一组组长跟着闹,这个事情你应该在后面有推波助澜的作用。说白了,事情是好事情,是合法的。在这边做,它不是临时起意,从去年规划到实施,到中间的评审规划,还把你请来说了一些具体意见。"

罗延会应着:"是的嘛,但你具体施工什么都没给我打招呼。"

"说白了,这个事情你心里不畅快,我们一是说到位,二是不对的地方批评教育,如果涉及违纪违法,那自然会有东西来约束。"

罗延会开始直奔主题:"那修路、栽电杆,是国家项目,挖多少都照常赔偿,这个毁坏茶园,你不给赔偿?"

杨东:"你看,这个事情性质不一样嘛!"

双方显然失去了等对方说完再发话的耐心,现场一度开始各说各的,各执一词,声音交叠在一起,听不清对方在说什么。

无数个回合的交锋后,罗延会终于隐晦地说出了一些真实原因:"这个事情冯少华来找我,他说的价格和实际给的价格不一样,他就是故意让我做不成。"

杨东接了个电话,说起另一件事:"我还要找一下你,刚才打电话说罗永远拍视频……"

罗延会打断:"拍视频,我不让他去,他非要去。说实话,当儿女的,也是气不过。茶山包给我,还有几十年承包权在我手上,没有任何人问我,就随便去那儿挖。原来规划也没说要挖那么多坑啊!一百多个大坑啊!那挖得难看死了!"

杨东依旧充满耐心:"这个工程做出来,是我们县乃至整个陕南的一个农业示范项目。我跟你说,这个茶园投资这么多钱,非得做出个样子来,这个东西你不要操心,肯定会越做越好。"

一上午,罗延会始终自说自话,从茶园开工没有给他打招呼到损毁茶园应该要赔偿,再到一组组长柯胜华如何来找他闹,茶园被挖得多难看……无论杨东如何给他耐心解释劝慰,他总是又绕回这几个问题。

"说来说去还是利益之争!"杨东一语点破,但罗延会死咬着不认。

这个时候,写着"国家电力"的工程车,伴着"倒车请注意,倒车请注意"的提示音停到了村委会门口,车上下来的人穿着"国家电力"的工作服,顺势坐下来跟杨东攀谈起来。

这场调解会,终于迫于外力迎来了中场休息。

一杯茶的工夫,工程老板和一组组长柯胜华也到了村委会,调解会的下半场开始了。

杨东先开腔:"这个茶园来之不易,各方面都下了很大的功夫,不管是这儿的群众,还是党委、政府,包括企业,都不容易。工程要尽量避免损毁茶园,同等条件下,优先使用本村劳动力,工程质量和工程安全要保障。"他还特意问了老板,挖掉的茶树有没有赔偿。

老板回答得非常干脆:"没得。"

柯胜华是穿着一双凉拖来的,不知什么时候凉拖已经脱掉,两只晒得黝黑的脚不停地互相缠绕着、揉搓着:"前天我在那儿就说，他们毁这个茶园，没给组上打招呼，这个茶园流转给你罗延会，你能管好你管去，他们把我根都挖了，你在管理啥子茶园？我们现在就要开组员大会，你能流转了你就流转，你经管不了，就给我们组上交回来，就像租房子一样，你把人家房子这儿掏个坑，那儿掏个坑，主家怕是不让吧？"

杨东见状，先打发走工程老板："情况就是这么个情况，你先去忙。这个东西后期还是要加强沟通，保护好茶园。"

工程老板显然如释重负般站了起来，忙说："那就麻烦你们了，我们注意。"迅速开车撤离了这个调解现场。

杨东耐着性子又一次解释了一通。

罗延会对着柯胜华讪讪地说了句："你看杨镇长说的是没得赔偿。"

柯胜华依旧是一副认死理的样子："我不管，我就认你，你不信你就看，我就把组员召集起来，你乱挖乱毁，那个东西不行，我们就是一步一步往上反映，反映到哪一步说就是没有赔偿，我们才认。我就不相信，看看这个公益事业到底是好大个公益事业！反正我一天在这儿闲着，慢慢来。我想不通，我一个组长接不着活儿。今天做，你给800块钱一个坑，六块五一米，第二天你转过身叫人家做，给900块钱一个坑，八块钱一米。这个东西我不是说吵着要，是你开始就不想叫我做。"

这时候,坐在旁边一直没说话的村文书余治东也开了腔:"它这个是开始挖了之后,底下有石头不好挖才加了价,它都是有合同的。"

柯胜华声音高了起来:"就这两天,立马召开组员大会!我不管你哪个合同,你莫拿合同说事……"

这时候,罗永远也进来了,问父亲罗延会:"那个老板还没来吗?"罗延会小声地回答:"杨镇长说没得赔偿,说完他先走了……"杨东见罗永远进来,又不厌其烦地解释了一遍。

这时罗延会插话了:"我认为这是老板的责任,老板给寇支书也没说,寇支书说他都知不道几时开工的,他不该这样做事情。"

罗永远小声问柯胜华打算怎么弄,柯胜华说:"我要一步一步告。"

罗永远鼓励道:"告嘛,那老板牛得很!我昨天找他,他说你去找县农业农村局。"

杨东想要继续讲,却被柯胜华抢过话茬:"集体茶园、个人茶园,我也是懂的,这个东西你想要在我头上糊弄,那你也难糊弄!"

杨东解释道:"这个不存在糊弄。我跟罗永远说,你发这个东西,要么就是给你爸火上浇油,要么就是……"

"我说的是事实！"罗永远丝毫没有要让步的意思，愈发地面红耳赤起来。

"年轻人火气不要这么大！"杨东拿出了要把事情讲透的势头，"为把茶园保持住，不叫它荒了，还得把它做好。我们跟镇上、村上商量出当时比较有效率的一个协议，通过一些政策，给茶园搞提升项目，不是我，就是村上给你爸说，这个不存在不给他打招呼。而且我们做的每一项事情都是对茶园有益的，没有让茶山损失分毫。以前茶叶能卖600块钱，现在卖到1200块钱，这都是我们做所有事情真实的效果，你也看到了，这是其一。其二就是这个提水灌溉跟修桥铺路是两回事情，你们无外乎就是利益之争，哪个都看得清是利益之争。要解决问题一是走正规途径。二是和气生财，有的时候是会存在去闹一下得利，但它不是常态。三是你发的抖音我还没仔细看，说是茶园没得人管，利益之争也要通过正规途径，你发抖音目的到底是啥？你到底要解决啥问题？"

罗永远语调也高起来："我啥目的，作为一个普通群众，我不能说话了吗？对不对？我们自己承包的茶园，我们不能自己说话吗？"罗永远话音刚落，罗延会就接着说起车轱辘话。

杨东高着嗓门说："罗总，话不能这么说，茶山只要是有一点事你都知道，谁受益了？摸着良心想一下。"

罗延会继续说着:"受益是受益的事情,我就是打个比方……"

杨东已经极度疲惫了:"这个事情,为求财,你们就和气。如果是你们想闹,我觉得也行,把所有的事情摆在桌面上。你个人想一下,是闹,还是得利?我们就说是顾大局识大体,说白了,好处是得不完的,这个事情是好事情,好事情要坐下来好好商议。"

罗延会委屈地说:"柯胜华天天找我,我一天见不得这些怪事情,我不爱跟人扯皮拉筋……"

柯胜华立马反击:"我不找你找谁,房子租给你,你一天这儿钻个窟窿,那儿打个洞……"

杨东打断道:"我问你,人家租房子给你装修得漂漂亮亮的,你马上就不租了,那他能不能告?是不是这个道理?"

柯胜华:"你莫给我们说这个,你就说这个事没得赔偿,我们从今往后不找你。"

杨东见继续解释下去也无济于事,就站起来说:"我就说到这儿,我们还要咨询法律顾问,要依法办事。"

显然,几个当事人并没有得到自己满意的结果,但这场调解会在缠斗了一个上午后,还是画上了句号。

第二天,柯胜华跟在茶场长期干活的丁国全和冉从贵一起,出现在罗延会家的饭桌上。开饭前,柯胜华摸着自己的胳膊说疼得不行,旁边的丁国全揶揄道:"你前几天一天挣200块的时候咋不疼?"一旁的冉从贵也笑着附和。

柯胜华不无骄傲地说:"哼,200块!那个老板昨天又说让我继续干,还说少不了我的好处,我就不干!叫人做活儿你还看高低,我倒要看看他最后咋么弄!"

柯胜华吃完走了以后,饭桌上的冉从贵再也忍不住了,嗤之以鼻:"作为一组人,我都觉得他柯胜华简直是在胡闹,国家出钱把茶园往好改造,他还净想着闹事拿点好处,真的是怎么好意思闹。"

寇清新外出的那一周,柯胜华又扬言一棵茶树要索赔500块,罗延会也去找了杨东一次,杨东说等寇清新回来处理。一方面寇清新才是村上的当家人,另一方面,杨东也有意磨一下当家不久的寇支书的能力。

还有一点,农村工作,村民有时认村干部却不认镇干部,有点"县官不如现管"的意思。这是因为本村本组的人天天见面,也就"说话"面子大,而镇上干部不管咋说都是外人,不给面子也不怕。杨东深知这一点,他相信有了自己这一次铺垫,寇清新能把这事摆平。

果然,寇清新周一从外地学习归来,只用了几句话就让柯胜华和罗延会都面带笑意地从村委会离开了。

有人问寇清新事情解决得如何,他一笑:"其实,这个事情很简单,柯胜华无非是想要在工程上揽点活儿干,多赚点钱,上周我不在,他还给我发微信,让我问老板挖一个坑多少钱,不行了让他做。"

柯胜华发给寇清新的微信语音里,一改在调解会上的胡搅蛮缠,以及在罗家饭桌上傲慢的态度,非常坦诚地说出自己的真实意图。对于柯胜华的态度大转变,大家有点诧异。

寇清新却看得透彻:"你看他表面上吵着要开组员会,要把茶园收回去,其实我知道他根本不敢,因为开组员会,会把他自己搞得下不来台,组上不少人觉得他是在无理取闹。罗延会心里也清楚,再跟着闹下去,他茶园承包也可能出现变数。"

看见大家不可思议的表情,寇清新继续解释道:"其实,我们山上的农民还是朴实、简单。村上修路有人想闹事,还会先给我打个电话,问我敢不敢堵路,我给他讲清楚道理,说扫黑除恶还在进行,胡来把你带走咋么弄嘞?他们也就真的不再想着胡来了。"

在寇清新看来,农村的事情说复杂也复杂,说简单也特别简单,就是表面看着再复杂的事情,只要摸准老百姓心里的真实诉求,都能迎刃而解。

等再次遇到柯胜华，说起茶园的事，他满脸笑容，说寇支书最后还是协调好让他去茶山包点活儿干。罗延会也说："柯胜华不闹了，我更没有啥好说的。主要是对这茶这山感情深，见不得有人在茶山动一把土。咱毕竟当了20多年村干部，也是一名共产党员，在网上发的那些东西我也都删了。"

这场"茶园保卫战"就像是一场因育儿观念分歧而召开的家庭大会一样，在蒋家坪喧闹了一个多月，终于和平解决。

2021年10月4日，罗延会发了一条信息到朋友圈："蒋家坪茶山喷灌和监控基本完工。"视频里，漫山的喷灌同时喷洒着雨雾般的水露，滋润着漫山的绿。这些经历了几十天喧闹施工的茶树，以悠然的姿势吸纳阳光雨露，沉潜着柔软而饱满的力量。

二次创业

盛夏，午间的太阳毒辣地照在蒋家坪的角角落落，地表似乎被炙烤得充满疲乏，大家都默契地躲进屋子吹凉风。这个时段，村里很少能碰见人走动。

去往二组的路口边，一台挖掘机正轰隆隆埋头苦干，让这片被开膛破肚的土地，显得更加热火朝天。堆着渣土的路边，还停

第一章 古茶新叶

着一辆工程卡车,原本就窄的路面更是错不开车。

见有车开过来,一个戴着草帽的矮个儿男人从挖掘机背后闪出身来,动作麻利地把那辆工程车挪了位置,他叫张龙兵。

错开张龙兵的工程车,就有一条黑乌梢蛇横在路中间,仿佛生了午休被叫醒的起床气,顿了半天,才懒洋洋、慢吞吞地挪开身子,溜进路边的树林带。

等到再次路过二组,工地已经推出了大概的轮廓。张龙兵的执行力,从来都不会让人失望。

第一次见他,是在一个多月前,那天他在村委会咨询茶厂办手续的事,苦恼于那片荒地性质没办法转为建设用地。也就一个多月的工夫,他就把当时大家都觉得棘手的事,基本搞定。

建茶厂这事,张龙兵也是今年才有的想法。2017年,看着村里的凤凰茶园越搞越好,但自己组上还有些老茶园在撂荒,第二年,张龙兵扔下煤矿的安全主管的工作,回村一口气把一、二组剩余的老茶园都流转回来。

做农业,投资大、见效慢,完全不比在矿上做管理赚钱来得容易。这些老婆反对的理由,张龙兵自己都再清楚不过。

12年前,他抛下"致富标兵"的名号,进矿打工,就是吃够了山里的苦。

父辈种粮大半生,也与穷困缠斗半生。不愿重走父辈的生活轨迹，张龙兵第一次走出大山，随着大流，去到他当时认为最发达的浙江，搏一个新的出路。

只是才到西安火车站，就被几个人抢走了行李。那是他第一次见识到山外的凶险，但这凶险，终究是败给了这个男人探索世界的决心。不到一米七的个头，一个人打趴了几个惯犯小偷，硬是把自己的行李要了回来。

到了浙江，别人都进厂打工，张龙兵却被那里全村养蚕的热火劲儿给深深吸引。他觉得，只要把这养蚕的一整套技术学到手，那个藏在深山里的老家，也完全可以复制这里的辉煌。

他到一家养蚕规模很大的人家，试探问需不需要免费帮工，只要管吃管住，可以学到技术就行。这一学，就是两年，主家在他提的要求外，付给他每月 1000 元的工资。

一直到他能解决养蚕每道环节的所有问题，张龙兵才带着满腔的热忱和信心，重返大山。

开荒地，栽桑树，雇人除草，桑园里建起养蚕大棚，从一季养蚕万把张，再到慢慢带动村里人都搞起桑蚕产业。张龙兵的摊子越铺越大，成了平利县的养蚕大户，常年雇着六七个帮工，农忙时还要再临时找十多个人干零工。

在农村，雇人干活通常都是要包吃的，之前自家地打下的粮食明显不够这么多人的口粮。他就包下一整条沟的田，十几户人家每家都是几分地,一家家做工作,整出了十多亩旱地和七八亩水田。

那时候,最辛苦的就是下雨天,白天冒雨打桑叶,晚上还要连夜清理。但这样的苦,他一吃就是十年,一直干到县上桑蚕局把"致富标兵"的牌子挂在了他的桑园门口。他还成为村上发展的党员。

"致富标兵"的荣誉带给他的是每年4000元的扶持资金和与桑蚕局签的保底合同——以高于市场价近一半的价格收蚕蛹。一直到2000年左右,为了响应退耕还林政策,他才不再务桑蚕。

此后,他又先后去了宁夏、贵州、湖南等地的煤矿打工,做到中层管理岗位,也赚了不少钱。但在外面无论赚多少,张龙兵永远省吃省喝,把钱拿回家里来,不能把钱落在外面是刻在张龙兵骨子里的信念。

当年在宁夏吴忠市工作时政策好,不仅给安排工作,能落城市户口,还分房子,他也不为所动,外边再好还是要回老家的。

2018年,张龙兵回村成立了农业合作社,把一、二组的荒废茶园全部流转回来重新改造。老茶园100亩,栽新苗的新园子有200多亩。这几年他接连往进投了四五十万茶园才刚刚见效,好多人就问他:好不容易在外面赚下钱,又把钱扔进茶园里,就不怕赔吗?张龙兵却说,咱这山里现有的资源,不能荒在那儿，总要有人把这事业干下去，这辈子能把这茶园经管好，就没有遗憾了。

但自己的茶园没有品牌、没有工厂，出茶还是要去罗延会的加工厂，扣去加工费，利润就不多了。所以，张龙兵一定要想办法盖厂房，注册自己的公司，打造自己的品牌。

2021年，他如愿拿到了三年免息的贷款，新厂房热火朝天地盖起来，村里的老房子也改造出来给工人做员工宿舍。他产的茶叶也不愁销路，给之前干过的煤矿每个能推销几百斤。

第二章

青山之脊

在脱贫攻坚任务最紧张的时候,杨蕾跟驻村的战友说:"等宣布蒋家坪脱贫的时候,我一定会好好哭一场。"那一刻真的到了,杨蕾的内心反倒平静又充实,好像忘了这几年具体做过什么,总觉得内心收获了一些沉甸甸的东西,一句两句也说不清。

年轻支书

33 岁的寇清新有点惧内,暴露这一秘密的是他那颗稍微有些外翘的虎牙。

每每妻子来电话,无论是正在义正词严地发表讲话,还是在轻松愉快地推杯换盏,寇清新的面容瞬间切换成谄媚模式,似乎对方就坐在正对面,那颗外翘的虎牙不合时宜地呈现在人们的面前,像一个偷听的间谍。

作为一肩挑着蒋家坪村党支部书记、村委会主任职务的新生代,村民对寇清新寄予很高的期望,当然,寄予厚望的还有他的妻子。

当年因为母亲借不来几百元生活费,在临近高考前辍学的寇清新,回到村上干了一件大事:给村里家境最好且最漂亮的姑娘写了求爱信。

可能是那颗外翘的虎牙失了分,反正被无情地拒绝了。

多年后,当寇清新提出回村任职时,妻子唯一不支持的原因便是，寇清新曾经追求过的美少女已变成了更有韵味的少妇，就生活在蒋家坪村的周围。

在不少女人心中，老公是天下最不受人待见的男人，也是天下最不让人放心的男人。

那天，寇清新的妻子一袭黑色超短皮裙，一头长发及腰，一脸淡妆地出现在蒋家坪村时，我们开玩笑说，这是上山来"宣示主权"的。对方并不忌惮我们的玩笑，并爆了不少夫妻间的猛料，这是一个漂亮而聪明的女性。

"我走在村上，村民看见我就像看见'提款机'一样热情，唯一的区别就是向我要钱，他们连个密码也不用输。"笑着说这话时，寇清新露出一脸无奈但并不特别厌烦的复杂表情。

是的，作为村里的"一把手"，没有人理识你，意味着你在这个岗位上不会待太长久；找得人太多了，手里那点有限的"叫鸡米"不够应付，导致旧"恨"未解，新"仇"又结。

2021年5月24日上午10点，寇清新要去丈量一块即将征收的土地。

村上正在拓宽通往茶山的道路，产生大量的渣土，需要有地方倾倒，渣土场最终选在三组所在的一条背沟里。

之所以选在三组，寇清新花了不少心思。其一是可以利用这些渣土填整出几亩平整土地，在上面建设标准化茶叶加工厂，为村集体经济增加收入；其二是三组组长陈迪全比较听话，跟自己私交不错，后续的工程建设会好推进一些。

这对三组来说是件一举多得的好事，因为茶叶加工厂放在村民家门口，大家有优先打工权。

但好事办好不容易。

原本这天是来丈量黄自珍家处在沟底的那两亩多自留地的，没想到头天夜里一场大雨，多天来倒在上坡的渣土发生滑坡，这块土地被掩埋。寇清新和黄自珍商定，在土地确权面积的基础上适当加权后，给予赔偿。

问题出在黄自珍家地界上坡的另一块土地。这块地之前由三组的一位五保户耕种，五保户过世后，三组将其收归组集体。

在寇清新心里，组集体的土地不就是村集体的吗？而三组组长陈迪全认为，村里是村里的，组上是组上的，"娘有还不如怀揣"。

陈迪全目测这块土地有三亩多，说是看在寇清新的面子上，按三亩土地赔偿。而寇清新目测只有一亩多，为了支持陈迪全的工作，可以按两亩赔偿。

当陈迪全从裤兜里掏出手机大小的GPS测量仪那一刻，寇清新的眼神有些迷乱。好似一对亲兄弟无意间各自拿出记了多年的账单，这账一明算，这段感情就再也难以回到从前了。

寇清新没想到，自己最信任的组长会来这一手。

"你去量！"寇清新让陈迪全拿着 GPS 测量仪绕地界走一圈。陈迪全毫不含糊，跳进齐腰深的荆棘丛。

"你尿，原来是个外八字。"寇清新站在路边揶揄陈迪全走过了界，更多是为了缓解当时的尴尬。

"我不行端走正，组里的人会骂咱吃里爬外。"

"呵呵，五亩二分。"陈迪全收住脚步后，兴奋地叫了起来。他为自己购买 GPS 测量仪这一英明决策而高兴。

寇清新此时一脸淡定。测量仪不会撒谎，既然测出了这个面积，那就只能认。

"五亩旱坡地也没好些钱！"在寇清新淡淡的话语中，表达出一个很重要的概念。

一亩旱坡地的补偿标准为 1.5 万元，而一亩旱平地的补偿标准为 2 万元。寇清新的话一下子堵死组长进一步讨价还价的想法，也算是对他挑起这"村组之争"的一个回应。

也是对家乡有感情，当上支书后，他盯着茶叶产业发展提档升级，修路、提灌，一天忙到黑。还有村里那些地畔子争端、弟兄不和之类的麻缠事，最牵扯人的精力，好在他多年在外，眼界宽、头脑灵，处理起来倒也没出过岔子。比如这块地的事，他对陈迪全见招拆招，游刃有余。这让他当支书虽然时间不长却口碑不错。

这天中午，寇清新还是叫上陈迪全在村里的农家乐吃个便饭，几杯啤酒下肚，陈迪全依然向寇清新掏心掏肺。

寇清新一再提醒陈迪全，补偿款到了，千万不敢一分了之。此前有一个组得到一笔征迁款，每人分了104元。钱拿到手后，所有的组员都骂组长不作为，说104元都不够在县城洗一次脚，还不如集中在一起干点公益事。

"手里没钱，说什么话都不得劲。"借着酒劲，陈迪全对寇清新说，自己组里账面上已经有3万元的积累，这笔钱是轻易不会乱动的。

原来，他是想多存点钱，等足够多时给组里办一点像样的事。难怪他背后买了测量仪，甚至敢于去得罪寇清新。

就在午饭后步行回村委会的路上，寇清新被一名村民拦住，言辞激烈地诉说自己房屋征迁的事。

这户村民多年前花4万元购买的房，因为茶山建设面临拆迁，当事人直接要价100万元。寇清新想着自己和对方的父亲都是木匠，父辈间私交不错，去了一次对方的家里说事。

的确，当事人给足了他面子，从100万降至80万元，但对他来说依然是个天文数字。

寇清新说，有时真希望自己是一台不设上限的"取款机"，让每一位村民都实现财富自由。这样的想法源于他的经历。

说起这寇清新，今年才33岁，能在蒋家坪当支书就不是一般人，人灵醒，为人厚道，之前一直跑长途货运，收入很高，也在镇上买了房。老支书退休前，镇里几次上门动员他才撂下生意，接手村里这事多不挣钱的差使。

15年前，与大学生活近在咫尺的优等生寇清新，因母亲跑了几户人家仍借不来几百元生活费，最终放弃高考，成为终身遗憾。

就在同学们参加高考之时，他来到深深的矿洞，希望用黑暗遮掩内心的伤痛，用苦累麻痹自己向往大学生活的神经，用距离与过往的一切决裂。

天不遂人愿，一场透水事故发生。眼看着井底冰凉的水淹及胸口，他用矿石使劲敲打每日提放他上下竖井的钢丝绳。地面停了电，囚笼般的罐笼降到井底后无法上升，一切听天由命。

他遗憾，自己读了十几年书，临死前没有给父母留下只言片语，特别是无法向母亲说声对不起。因借不来钱一直自责的母亲，始终将儿子辍学之责揽在自己身上。他也庆幸，自己以这种方式死去，会给父母留下一笔补偿款，也不用再直面同学们考上大学的消息，于他而言，这样的消息等同于"噩耗"。

就在冰冷的水淹到脖颈时，地面来电了，他和工友们像刚刚坐完水牢的"囚徒",被罐笼提升到地面。

经历死而复生,寇清新感到之前的一切心理困惑全部释然。

煤矿不能待了,他用拿命换来的1万多元开始搞运输。十多年间,寇清新从三轮车换成二手卡车、全新自卸车。

他记得买回来15吨全新自卸车的那天晚上,母亲特意包了饺子,并在饭桌上平生第一次喝了一杯酒。在妈妈心里,儿子终于出息了,自己再也不用为借不来学费耽误了儿子前程的事自责了。寇清新理解母亲喝那杯酒的意思。

2021年5月23日,星期天,寇清新一大早开着卡车给工地送了16吨水泥,挣得500多块钱。

这是他在1月15日当选蒋家坪村党支部书记、村委会主任后,第一次开车挣外快。那辆十几万元买来的卡车,长期停放在家门口,保险杠上已经开始长铁锈了。

扶贫五年

"有事找他们谈,发到这里哪个晓得你要干啥?网络可以解决问题,也可能让人误解,让你失去一些东西,好好的,罗叔。"

"杨队长,因为我老实,受人欺负而已。"

在罗延会吐槽茶园工程的朋友圈下面，杨蕾耐心地劝慰了好几条。

其实，这事发生时，杨蕾已经不再是蒋家坪的驻村工作队副队长了。就在几天前，她刚被提拔为老县镇社会保障服务站站长，包联的村也换了。

按理，这事已经跟她没有任何关系了，可驻村五年多，杨蕾早就把蒋家坪当作自己的娘家，就是工作变动了，也还忍不住常常想着蒋家坪的事。

那时候蒋家坪条件差，在老县镇乃至整个平利县都是挂上名的，连条像样的通村水泥路都没有。

"我这是和蒋家坪再续前缘了。"杨蕾对这个岗位倍感亲切，她2014年刚调来老县镇工作，搞计划生育工作的第一个联系点就是蒋家坪村。

那时候蒋家坪哪有现在这么风光。此前，老县镇给人们的第一印象就是"这个地方盛产灰"，工业镇车多灰大，连路边的树都是灰蒙蒙的。

2016年成为驻村工作队成员时，常常能看见老百姓为省10块钱摩托车费走路上下山，骑摩托车20分钟的路程，走路往往要用两个小时。

村里的房子，土墙房占了绝大多数。从窄窄的门进去，屋子里暗得没法填表。等眼睛稍微适应了黑暗，看到的景象也都是相似的，四处堆放的粮食和杂物，被熏得乌漆麻黑的墙，床上灰灰旧旧的被褥……下雨天更糟，家里漏雨的不在少数，盆盆罐罐摆一地，入户摸底都没有地方放脚。

既然是摸底，一口锅吃饭的、嫁出去的女儿，新添的媳妇、娃子，屋里实际住几个人，收入、医疗、教育、住房等具体情况，全都必须摸得特别清楚，为每户建一个详细档案。

白天入户摸底，晚上加班录入系统，那段时间，杨蕾忙得没黑没白，但就在这个节点，她却意外怀孕了。对于这个政策刚放开就"不请自来"的二胎，杨蕾是惊大过于喜。

想着脱贫攻坚任务如此繁重，想着自己每天熬夜、吃泡面的身体状态，学医的杨蕾始终隐隐担心这个孩子的健康。一直犹豫到怀孕四个月，杨蕾才真正下定决心要生。只是，她不想耽误脱贫攻坚工作，更不愿在工作中被特殊照顾。

老二在肚子里的第一次抗议，发生在村民罗显清家里。来这户前，很多村干部就提醒杨蕾，罗显清可是麻缠。果不其然，杨蕾一进屋坐下，罗显清又像往常一样，牢骚如潮水。

对他喋喋不休的那些牢骚，杨蕾一一记下，把几个罗显清道听途说的谣言现场就给解释清了。对于那些她还没有掌握情况的事情，也承诺回去了解后再帮忙解决。

可当杨蕾站起来要走的时候,才发觉自己头晕目眩,差点就晕倒。学医的她这才反应过来,自己是没吃午饭,引发了孕期低血糖。罗显清立马下了一碗鸡蛋面给杨蕾吃。

这是杨蕾第一次破例在老百姓家吃饭,她觉得那是自己吃过的最香的一碗鸡蛋面。此后,只要她入户,就会随身带着方便面和牛奶。

那也是罗显清第一次遇到如此忠实的听众,他觉得这个蕾娃子跟其他人不一样。经过一次又一次的耐心沟通后,罗显清再也不是那个"又臭又硬"的上访户了。

那时,村里的路还没有修好,很多山路车都爬着费劲,经常要下车在后面推几步送一下才能上坡,摩托车成了她入户时最钟爱的代步神器。

怀孕六个月,杨蕾依旧经常颠簸在入户的摩托车上,肚中的宝宝这一次以出血的方式发来抗议和警告,她却配了点中药接着干。

一直到八个月产检时,医生告诉她胚胎有暗区,平时大大咧咧的杨蕾坐在医院的走廊里崩溃得大哭起来。抱着没准儿看错了的心态,杨蕾换到市里的医院检查,没承想,医生直接开了住院保胎的单子,还叫她出了院要在床上静养一段时间。

这一次,家里人说什么都不让她硬扛了。在被迫请假的一个月里，杨蕾一直操心着村上的事，她太清楚脱贫攻坚任务的分量、战友们身上的担子，身体一有好转，就迫不及待地回村里，一直待到预产期。

二宝健康地出生了，但婆婆却骨折住进医院。老公在兴隆镇驻村，公公要负责接送大孙子，人手倒不过来，很多次只能叫外卖送到婆婆的病房去。婆婆的腿要几个月才能好，除了雇人带娃之外，她想不出别的办法。

处理好小家的事，蒋家坪这个大家的事，杨蕾也没少操心。对于蒋家坪这藏在深山里的小村来说，修路最为迫切。

茶山这么好的资源，还处于养在深闺人未识的状态。谁都知道路的重要性，可钱从哪儿来？有了想法就去争取汇报，镇上没钱解决不了，就去各帮扶部门化缘。有一点钱就做一点事，一截接一截地修。

路终于通了，但看着新修的路边光秃秃的，杨蕾又有了新想法：应该把蒋家坪的迎宾大道美化一下，吸引更多的人来蒋家坪看看。村上资金紧张，没钱栽树，杨蕾就自己网购了好多格桑花种子，在路两边一路撒上来。

那段时间，只要一下雨，杨蕾就要跑去路边看看种子发芽了没。网上说格桑花生命力顽强，但她还是担心路边的土层太薄，育不出一路格桑花。

没过多久，那些细细的嫩芽还真在路边星星点点地长了起来。包括她在内的几个人，拍照发朋友圈，蒋家坪也终于迎来第一波山外来客。看到蒋家坪用这么低的成本制造出的新景致，邻村壁马鞍山村也跟着效仿，刚好和蒋家坪连成一道风景线。

村里有了人气，村民就多了挣钱的路。杨蕾他们鼓励村民多发展土特产，刚开始客源有限，卖不出去的土特产都是扶贫干部自掏腰包买走。渐渐地，土鸡、腊肉、干土豆片、豆豉……这些山货，都成了游客的抢手货。

过去大山封闭，见不到什么外人，好多人都穿着又脏又旧的衣服。游客一天天多起来，村里人穿的都比过去讲究了许多。用他们的话说，过去没人，好衣服穿给谁看？现在城里人来得多，我们也想给乡下人长长脸。

有了希望，就有劲。以前觉得埋头苦干不见天日，如今全都能看得见收益。老百姓的所见所闻，也不再仅限于互相之间的鸡毛蒜皮，所聊话题除了春耕秋收，还有更高的追求。

蒋家坪发展得越来越好，杨蕾这个驻村工作队副队长也越来越忙。老公跟她一样忙，奋战在兴隆镇的脱贫战场上。两个人把家安在安康市区，但平时忙得根本回不去。两个孩子一放寒暑假，爷爷奶奶就有些吃不消，她和老公就一人轮几天，把大女儿带到各自所驻的村里写作业。

组织上关怀，把杨蕾老公也从兴隆镇调整到了离安康市区最近的老县镇，方便两口子兼顾工作和家庭。

新冠疫情暴发后，杨蕾在一线村口检查点值勤，腊月二十九还在挨户排查做台账，老公蹲守在高速路口卡点。那年，他们把年夜饭提前到了大年三十中午吃。晚上，两口子还要回到老县镇值夜班。

大年初三把大女儿从家里接来，杨蕾忙着工作，孩子就一个人拿着课本在外面大声读书，累了就在村委会拼几把椅子眯一会儿。

那时候，所有的饭馆都关门，卫生院宿舍也没有做饭条件，一家三口就挤在小小的宿舍里吃方便面，有时一天要吃两顿。

工作任务重，加上不能确定自己的安全，从把大女儿送回家那天起，两口子将近一个月再没回过家。两个孩子常常打来电话哭闹，问爸爸妈妈为什么不回家，问为什么不能带他们出去玩……

听到这些，他们只能用孩子更容易理解的话来解释："现在外面有一种看不见的怪兽，爸爸妈妈必须消灭了才能回家，才能带你们出去玩。"

熬过最紧张的时期，两口子去采购了家里需要的东西，让孩子搬两个小凳子坐在门口，把东西放到电梯口，遥遥地看了一眼孩子就走了。电梯门关上的瞬间，两个人忍不住抱头痛哭起来……

之前，杨蕾两口子也像大多数年轻夫妻一样，遇到些鸡毛蒜皮的小事就能吵起来。在一起参与了脱贫攻坚和抗疫两场硬仗后，两个人是爱人，亦是战友，几乎再也没有吵过架。

抽空回趟家都倍感珍惜，根本没工夫把时间浪费在生气上。娃的衣服没洗、作业没写，两个人就分头去做，在生活琐事面前，他们变得默契且从容。

在脱贫攻坚任务最紧张的时候，杨蕾跟驻村的战友说："等宣布蒋家坪脱贫的时候，我一定会好好哭一场。"

那一刻真的到了，杨蕾的内心反倒平静又充实。自己好像忘了这几年具体做过什么，但总觉得收获了一些沉甸甸的东西，说不清也道不明。

"没有不合格的群众，只有不合格的干部。"内心悄然发生的认知变化，指导着她回镇上的工作——听诉求，查政策，尽自己最大能力帮着解决群众的困难。

过去，老县镇最大的移民安置小区锦屏社区，一直是全镇干部最头疼的地方。这个容纳了全镇 11 个村的高山危旧房住户、地质灾害威胁户和贫困户 1346 户 4173 人的超大社区，如何管理，才能帮助老百姓克服诸多不适应？

冬天去哪儿烤火、杂物放到哪儿、电动车怎么充电、买根葱都花钱……所有这些困惑，在他们精细的后续帮扶中，全部被小管家、小配套、小平台、小库房、小餐厅等"十小工程"解决。

她感觉，驻村五年多，让她和许多战友真正走进了老百姓的生活，读懂了老百姓的内心。

一封来信

"你八月十五的时候来不来我家？"接到陈敬友的电话，吴玲被问得摸不着头脑。支吾半天，陈敬友才说："我给你买了一只鸡。"

"你给我买鸡干什么？千万不要浪费钱啊，我不要。"

没想到，还没等她说完，陈敬友大声甩出一句："我就想让你吃，你一定要来！"就挂了电话。

放下电话，吴玲开始想对策。不去，肯定会伤了陈敬友的一片好心；去了，作为扶贫干部拿老百姓东西不太合适；给钱，陈敬友肯定不会收，反倒会伤了他的面子。

最终，吴玲老公载着她，带着不少礼物，在八月十五前去了陈敬友家一趟，像过节走亲戚一样自然。

一次，他们坐在一起拉家常，居然真聊出点亲戚关系来，虽然这门亲戚远到不知道该怎么论辈分，但吴玲说："以后你们就是我的哥、嫂和大侄子。"

之后每隔一段时间，吴玲周末都会和老公把车开上山，到陈敬友家坐坐。天冷了就买厚被子送去，老公还送去从单位"化缘"到的不少绝缘胶鞋。每一次，后备厢里都会带上各种实用的东西。而陈敬友也总想着过年捎一块腊肉、春天挖一点笋子送给他们。

2019年1月22日，平利县文旅局干部吴玲收到了一份特殊的新年礼物——陈敬友的儿子陈迪龙在微信里发来的一封长长的感谢信：

尊敬的吴阿姨：

你好，近来身体可好？听说你们放假很晚，想到阿姨，我有很多话要说，今天我就把它都写下来。

2017年，我家三口人从来没有那么高兴过。小时候幻想着什么时候可以搬到大房子里面啊。那天，我们从山沟沟里挪出来了，搬到易地扶贫搬迁安置新区，住上新崭崭的钢混楼房，这个小区可跟我们以前的村子不一样。

以前，一下雨屋里得赶忙用大盆小盆接着，我们住得提心吊胆，生怕哪天老房子熬不住就垮掉了。还有那里的田地，碗一块瓢一块，丢个草帽盖三块，每年能收些玉米，但咋个运出去卖钱可是愁死了我们。路也不通，信号也不好，拿个手机说半天，那头还在"喂喂喂"。你们好心，帮忙安装了锅盖（电视信号接收器），但电视信号不争气，经常模模糊糊，有些台还收看不到。想想我们以前过的那苦日子哟，唉……

那个时候生活真的就是凑合过，是过一天算一天，自从你们来后，我们摆脱了贫困。姨，你不怕苦，经常来村里做调查、讲政策，来我们家还给我妈妈买了很多营养品。忙活着让我们能过得好，亲戚都没你们来得次数多。

就说2017年，每个月你们都顶着大太阳爬上山，来到我们这个穷山沟里。我家房子那么破，你们不嫌弃，坐下就跟我们拉家常，一点架子都没有。屋子里灯泡不亮，你们还得填表、盖手印，我家情况问得仔仔细细。父亲有时候喝了酒，就给你打电话，一讲就是两个多小时，姨都是耐心倾听。母亲死时，姨你自己还病着，和叔叔一起来问候，什么都关心到了，我们真是好福气呐！

在这两三年里，我们和姨有过矛盾，有过喜悦。姨从来没有对我们说过任何抱怨的话，对我们家认真再认真，但是我们那时候对你还有抱怨。在此，我代表我们家对姨说一句对不起，望姨可以不计前嫌，我们永远都是最好的亲戚。姨，你是我最尊敬的人。

2018年过去了，我和父亲也聊过新一年的计划。母亲去世后，父亲可以好好地安心工作，不再为母亲犯愁，父亲还说2019年要出去打工。我呢，继续好好学习，想在今年的技能大赛上拿个奖。在姨的帮助下，我和我父亲改变了不少，我们家也改变了不少，这都是姨你的工作细心和对我们关怀感化的成效。再次想对姨说句：谢谢你。

马上过年了，祝姨工作顺利，身体健康。

小龙

2019年1月20日

那两天，吴玲特别忙，微信里积攒了好多小红点都没顾得上点开，直到第二天晚上忙完手头工作，躺在床上时才顾得上翻看这些未读消息。

这封饱含深情的信，让吴玲边读边抱着手机抹起眼泪，这样反常的动作，被旁边同样在刷手机的老公察觉到了。她把手机递给老公看，沉默了几分钟后，老公拍拍她的肩膀说："这几年，你的辛苦值了，应该发到脱贫攻坚群里也让大家都感动一下。"

吴玲坚决反对，不想让张扬破坏了这封信的真挚。老公却认为，这份感动不光属于她一个人，更是全体扶贫干部的光荣。趁着吴玲上厕所的工夫，老公用吴玲的手机把截图转发到单位的脱贫攻坚微信群里，为此，吴玲还吵了他几句。

收到这么真挚的感谢信，两天还没有回应，吴玲怕伤了小龙的心，收拾好心情，她给小龙回了微信："这些好政策都是党和国家给的，并不是我的功劳，我做的只是每个扶贫干部该做的，身边很多同事都和我一样，多数比我做得更好更优秀。几年下来，和你们家确实有了不是亲人胜似亲人的感情，也祝你们新年快乐！"

那一晚，吴玲抱着手机把这封感谢信读了又读，这几年扶贫的点滴在脑海中过电影。

她想起2017年第一次去小龙家的场景。那天太阳特别大，村干部给她和另一位女同志带路，从山上翻下一个特别陡的坡沟。一路上，三个人顶着大太阳，互相搀着、拉着，才幸免于用屁股着地的方式到达目的地。

走进陈敬友家堂屋，抬头居然能在屋顶的茅草和瓦片间看见外面的天空。一家三口仅有的一间卧室里，支着一大一小两张木板床，床上的被子破得露出了已经辨不出本色的棉絮。

陈敬友靠务农和打零工支撑整个家的开支，但爱喝酒，一喝酒就钻牛角尖、发脾气。妻子是聋哑人，身体也不太好，基本干不了什么重体力活儿。儿子叫陈迪龙，在老县镇读初中。

做完入户摸底，吴玲把自己的联系方式留给了陈敬友，说有任何困难都可以打电话找她，但心上却像压了块石头一样沉重。

还好，没过多久陈敬友家就在村里的集中安置点分到了房。在这套两室一厅的楼房里，一家人向吴玲分享着住进楼房的各种便利，精气神儿都不一样了。

这是吴玲第一次见到16岁的陈迪龙，白净的脸上挂着一副大大的浅色金丝边眼镜，略带腼腆地招呼她坐。那天虽然没有太过深入地聊天，但温柔语气中总透着股不屈的小龙，还是给吴玲留下了清晰的第一印象："这个孩子不简单，这个家有希望！"

而这个印象，在此后不断被加深。

小龙有一只眼睛视网膜脱落，几乎是失明状态，陈敬友一直想给儿子办个残疾证，这样可以享受到一些优惠政策，但小龙始终强烈抵触，说："还有很多比我更需要帮助的人，只是一只眼睛看不清不碍事。"

陈敬友不明白，村里还有人想着法儿地去证明自己有残疾，怎么自己儿子明明符合条件，还要躲着好政策走。

父子俩僵持着，陈敬友希望吴玲能去劝劝小龙，因为儿子很敬重她。但小龙"此话免谈"的倔强表情和文弱外表下包裹着的强烈自尊心，让吴玲不忍开口。

2018年，陈敬友家达到脱贫出列标准，吴玲到他家填收入证明的表格。陈敬友不舍得"贫困户"这个身份带来的各种实惠，就想把收入填得越低越好。吴玲给他做思想工作，陈大哥却觉得吴玲不讲情面，不想让他继续享受国家的优惠政策。

这次入户不欢而散，填表自然也被搁置了。

等到第二次去小龙家，小龙妈妈主动拿出填好的表，还激动地用手比画半天。吴玲这才知道，上次她走后，小龙照实情填了表，为此还被父亲甩了两个大嘴巴子。

吴玲心疼地问比自己孩子大不了几岁的小龙："疼不疼？没想到还让你受了委屈。"

小龙却说："姨，你们挺不容易的，我们有现在这样的生活，都是你们帮的。而且我觉得争着当贫困户很可耻，明明可以凭着自己的能力改变生活，还要伸手向国家要钱要政策，这跟乞丐有什么区别？"

吴玲被这个少年深深地打动，每隔一段时间，就像朋友一样在微信聊聊天、问问近况，小龙有什么困惑的地方，吴玲总是抱以最大的热情去解答。吴玲觉得，每次跟小龙聊天，自己也能汲取向上的力量。

吴玲甚至觉得，能认识小龙，是她在脱贫攻坚工作上最幸福的一件事。要说唯一的苦恼，就是陈敬友爱喝酒，酒后会时不时用电话联系她。

一次，晚上9点多，吴玲接到了陈敬友的电话，他大着舌头倾吐着自己的委屈，说自己从煤矿打工回来，低保被取消了，他想不通。

问为什么会被取消，他说没有通过村民评选。吴玲耐心地安抚他，并且承诺第二天会跟村上了解情况，但陈敬友反复说着那几句车轱辘话，就说自己想不通。这通电话最终打了将近两个小时。

第二年，陈敬友家的低保又被评上了，但钱并不是一评上就能立马到账，钻进牛角尖的陈敬友总感觉自己被骗了，见天借酒消愁，酒后就给吴玲打一通电话。

最夸张的一次，陈敬友从晚上9点多一直聊到第二天凌晨2点多才肯挂掉电话。吴玲就一直耐心地倾听着、安抚着、解释着，中间即使是信号断了，陈敬友还会坚持不懈地打来。

吴玲耐着性子听着，她太能理解陈大哥的苦。妻子是聋哑人，儿子又常年在外面上学，生活的苦闷还能倾吐给谁呢？自己能成为陈敬友的倾诉对象，又何尝不是一种极度的信任？

在吴玲的反复劝慰下，从开始隔三岔五一次，到后来一年二三次，吴玲明显感觉到，随着生活变好，陈大哥借酒浇愁的次数也越来越少。

2018年，小龙妈妈检查出胃癌，陈敬友一下慌了手脚，求助电话再次打给吴玲。那时，吴玲其实刚小产不久，还是立马跟单位请了假，坐车赶去医院，帮着跑上跑下办好各种手续。

小龙妈妈住院期间，吴玲和老公去看了好几次，每一次，小龙妈妈都强忍着癌症晚期的剧痛，双手比画着热情地招呼他们，还努力地挤着笑。

没多久，小龙妈妈在一个凌晨再也没有醒过来。凌晨5点，吴玲接到电话，着急地从平利县赶上山去吊唁、帮忙，老公再次成了她的专职司机和帮手。

中年丧妻的痛，让陈敬友再次陷于用酒精麻痹自己的状态。隔三岔五就喝得酩酊大醉，电话里，他有时感谢吴玲两口子的帮助，有时念叨着小龙太可怜，有时只是不停地抱怨人生……

吴玲感叹小龙妈妈还比自己小几岁，40出头就走了；更心疼小龙17岁就失去了妈妈，却努力不表现出任何悲伤，很快振作起来；最担心的还是陈敬友酗酒，不光害了自己的身体，还会对小龙造成伤害。

"以后你喝醉了我不会接你电话，你醉着的时候我跟你说不展。"在当了几年酒后倾诉对象后,吴玲终于给陈敬友立下一条"规矩","嫂子不在了,小龙现在只有你,你们更应该相依相伴。老是这样喝酒,娃会很伤心,还可能拖累孩子,小龙怎么全心全意做自己的事情?"

此后,陈敬友每次打电话,都是清醒状态,说的都是正事。

村上有意让小龙做信息员,一年有2万多元的工资,陈敬友觉得这份工作很不错,让吴玲帮忙劝小龙答应下来。中专的最后一个学期,小龙做劳务代理,带领200名同学去浙江打工,陈敬友让吴玲帮忙劝阻,怕出了什么事担责。小龙考上大专,要2.7万元学费,陈敬友想让吴玲帮忙劝小龙不要再去上学……

吴玲能理解陈大哥为啥会这么想,但更认同小龙努着劲儿往前奔的劲头。所以,陈敬友打给吴玲的求助电话,最后无一例外地变成了支持小龙的反向劝慰。

事实证明,小龙的选择和吴玲的判断是对的。小龙拒绝了回村干一年2万多元的信息员工作,却在带同学劳务输出上赚回了一个月近3万元的收入。他不光赚够了自己上大专的学费,还在父亲受伤休养期间,开始给父亲拿钱……

2020年5月,陈敬友在钢厂干活时把脚砸伤,大半年都没有办法出门赚钱,在家干着急。吴玲劝他:"陈大哥你不要担心,日子不会一直这样下去,小龙以后会是你们家,甚至是你们村的希望，今后等着享福吧。"

小龙上了大专后，成立了自己的传媒公司。养活父亲，对于他来说已经完全没有压力。

老骥伏枥

56岁的冯朝荣是蒋家坪村干部中最年长者，别人的村干部职务从低往高当，他起步就当上村委会主任，也干过村党支部书记，在22年里，村两委中的所有职务他当了个遍。2021年村两委换届时，他又出任蒋家坪村监委会主任。

改革开放后，出去闯荡的人往往率先富了起来。冯朝荣不是没有想过出去打拼把家里的光景过好，原本已经买好火车票准备外出务工的他，被乡长留下来，做了一中午的工作，最终因为磨不过领导的面子，还是选择退掉火车票，回到村上带着乡亲们一起干。

冯朝荣总结自己这大半辈子的村干部工作，就像层层闯关，虽然困难重重，但最终都有惊无险地顺利通过。

之前，大家都穷，外出务工的人也少，农民交税主要靠卖菜籽。但"要想富，先修路"的道理，冯朝荣作为村干部最明白不过，只要把路打通，村里大好的茶叶和农产品就有了出路。

但以当时村里的条件，根本拿不出修路的资金，冯朝荣知道，要是等靠要，这条路不知道什么时候才能打通。2002年，冯朝荣和罗延会组织动员村里人用锄头挖出一条3.7公里长、3米宽的通村路。那一年多里，大家只要有时间就去修路，断断续续一直到2003年底才竣工。

修路时占了罗家坡村的地，需要赔偿，大家就自己凑钱。冯朝荣和罗延会作为村干部就多凑一些，村里其他人也都视家庭经济情况拿出一笔笔钱，最终凑够了修路的钱。那时邻里之间和谐，整个过程也没有扯皮的事。

这条路，支撑着蒋家坪的茶山走过了最困难的几年，也让村里人卖粮买货都便利起来。

俗话说，清官难断家务事。可当村干部，就是离不了家长里短。

五组有一对叔侄，因为庄基地的事情，扯皮了很多年。最严重的一次械斗，打伤一方，打完后问题不能解决，又打起官司，两家就越发剑拔弩张，成了村里的不稳定因素。

冯朝荣上任后，耐心上两边劝说，讲道理、说感情，用人心打动人心，还请了这大家族的能人乡贤，几个回合下来，才将这笔陈年旧账调解清楚，最终圆满解决。

第二章 青山之脊

村上还有一个贫困家庭,一家三个光棍儿。老大因为手被烧伤成了残疾;老二人老实,一直在外务工;老三名叫黄朝兵,几乎不与人交流,精神方面也出现了问题。

黄朝兵年轻时在晶石矿上打工,却因为一次不慎,在矿上受了伤,而后却无处讨要赔偿。失去劳动能力,加之内心委屈,从那以后,黄朝兵便一人待在家中,不再与任何人接触,凑合着过每一天。

长期独居生活,让他慢慢丧失和人交流的能力,甚至连帮扶干部给的钱都不会花。平时吃饭靠的是政府救济的米面油,吃菜要靠运气,地里有什么就吃什么,没有菜就不吃了。长期如此,身体自然吃不消,加上不愿与人交流,精神方面也出现了问题。

村里的组长定期送去一些粮油,但送去的衣服他却从来不穿,一年四季盖着同一床厚被子,夏天到了,身上还穿着冬天的衣服。脱贫攻坚开始后,冯朝荣被政府指定为黄朝兵的监护人,监护人不是单纯的帮扶干部,是要投入感情的。

冯朝荣知道,黄朝兵需要有人照顾,这样的状态,确实让人放心不下。但由于黄朝兵的住处地理位置偏僻,进山看望一次都要大费周章,频繁去探望并不现实。

黄朝兵身体极度虚弱,精神又高度紧张,冯朝荣想带他去医院做个检查，却无论如何都没有办法跟他说通，只好想方设法联系医生给他上门诊治。医生建议他，黄朝兵这样的状态最好是送去精神病院治疗一段时间。

在给黄朝兵的两个哥哥做了一番工作后，冯朝荣又花了很大的精力才跟黄朝兵说通，自己开车将黄朝兵送去了精神病院。那是黄朝兵打工回来的十几年后，第一次走出自家小院。

谁料黄朝兵入院20天后，冯朝荣接到了精神病院打来的电话，说他病情恶化，肾衰竭，生命垂危。此时冯朝荣来不及追究原因，第一时间想的只有救人。

先将人送去就近的医院抢救，然后再送到平利县中医院住院。进院时，医院不愿收这样的危重病人，冯朝荣找到院领导，表示一切责任都由他这个监护人负责，自己还垫付了5000多元的住院费，才让医院收下治疗。

住院期间，医院甚至下了病危通知，冯朝荣反复动情地跟医生说不能放弃，最终黄朝兵被抢救了过来。冯朝荣联系他的哥哥来照顾，但他哥哥也只来了几天就返程继续打工了，剩下的事情还是落在了冯朝荣身上。

请护工、跑报销、找临时救助项目、办残疾证、联系新的救助单位，这一系列的麻烦事都由冯朝荣一肩扛起。

在市残联做完鉴定后，给黄朝兵办了残疾证，冯朝荣又联系到五保户敬老院，让黄朝兵成了敬老院中最年轻的一员。

起初，黄朝兵说什么都不去敬老院，但经过冯朝荣反复劝说，最后还从敬老院中请来一名医生做工作，才最终将他说服。

黄朝兵出院后，身边人都说冯朝荣傻，医院都不收了，为啥还要自己主动担责任让黄朝兵住院，出了事都要他来承担。

冯朝荣却并不觉得后怕，如果当时不这样拼尽全力，这人可能就真的没了，作为监护人，他觉得自己必须担起这个责任。

在村委会干了这么多年，冯朝荣见证了蒋家坪的发展，原本想着如今蒋家坪发展好了，自己年龄大了也该退休给年轻人让位子了，可镇上领导干部反复给他做工作，让他再干一届，把年轻的村领导班子成员扶上马再送一程。

冯朝荣感觉，过去镇上的好项目根本轮不到穷山村，现在反过来了，好政策都往村里倾斜，蒋家坪村的发展越来越好。可面对乡村振兴的更高要求，冯朝荣还是想着法儿地让蒋家坪变得更好。

2019年，地质学院来蒋家坪村考察，帮助当地更好地开发旅游亮点。冯朝荣把村里"养在深闺人未识"的隐秘风景区统统热情地介绍了一遍，希望发展成地质博物馆来吸引游客。地质学院前后来勘察三次，每一次他都饱含热情，一遍遍地往最美也最偏僻的点位带，希望能用自己的热情打动专家们。

大家都说，要把这些景点打造出来，怕是太难。但冯朝荣还是抱有希望。毕竟过去没钱都能把路修出来，何况现在条件好了，政策支持力度大了，更大的发展只是时间问题。说到底，只要愿意耐着性子往前闯，终究可以"关关难过关关过，事事难成事事成"。

第三章

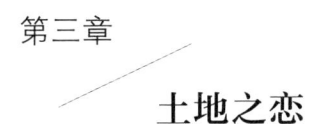

土地之恋

"你看,山不亏人吧!你不给它种树,只一个劲挖,它能给你这银杏叶、这白果?"姜长海对农业的热情,实在是少见的。一说到农业,他不把所有的产业数一遍就停不下来。每项介绍,一定是以能带来多少经济效益作结尾,也正是这些零零碎碎的收益,让姜长海对土地很有执念。

平安之居

而今,"村民"的概念已不完全等同于"农民"。

有的村民虽然住在村里,可主业早已不再是面朝黄土背朝天地春耕秋收。比起传统农民,他们身上的商业味更浓。每个村都少不了这样的村民,尤其是像蒋家坪这样有乡村旅游属性的村。

说起来,蒋家坪最不像农民的村民,就数罗延会了。来到蒋家坪,最大概率能遇见的人,也一定是他。

罗延会当过 20 多年村干部,是蒋家坪茶山的承包人、女娲凤凰茶叶有限公司总经理、平安居农家乐的实际所有人,最近他又多了一个身份——蒋家坪游客接待中心主任。

夏天,罗延会穿带领的 Polo 衫配西裤;春秋季节,换成深色格子西装;冬天,一身板正的深色棉服。就连三伏天,也只穿系带的黑皮鞋。

村民说他做作、能装,笑他"干部打扮农民命",罗延会不管这些闲话,把一枚"国茶振兴"的胸针天天别在胸前,时时宣示自己是一个"茶人"。

罗延会心里清楚，五年前，全村394户中，贫困户占到小一半。眼下，村民年人均1.2万多元的收入里，有一半来自茶。茶业的兴衰关系着全村人的收入，打理好茶园，是他的业，也是他的责。

几乎所有人来蒋家坪，第一站都会选择在村委会前的小广场落脚。在这个小广场上，罗延会永远是最有主人翁意识的，主动承担着向导和志愿者的角色。一有游客，罗延会就会笑容满面地迎上去，给游客指路、指挥停车，招呼他们进店品茶、添热水。

茶叶农产品展销中心的外墙上，挂着蒋家坪乡村振兴的未来规划效果图，见到感兴趣的游客，罗延会就兴致勃勃地指着这些图纸描绘这里的未来，讲述村里的千年古茶树和千年桂花树。2022年3月，村委会旁的这间屋子，被建成了真正的游客接待中心。

只要有人进到店里，罗延会就迅速按下烧水按钮，一边等着茶壶里的水烧开，一边介绍店里的各种茶叶和特产。烧水器嘀嘀嘀的提示音伴着沸水冲撞壶盖咕嘟咕嘟的声音响起，他熟稔地往玻璃杯里添热水。

大多数时候，罗延会都会选择山上最珍贵的"女娲银峰"给顾客品尝，沸水在氤氲的热气中一泻而下，翠绿的嫩芽瞬间呈女娲补天之势，从杯底齐刷刷地随着水面升高而上下翻卷。杯子在客人面前放定，茶叶已从慵懒杂乱的睡姿，变为挺直有序的亭亭玉立状，伴着水面的晃动微微地上下跳跃。

"太漂亮了！"游客看到这幅画面的反应都是相似的，边感慨边两只手举起茶杯仔细观赏，还有人忍不住掏出手机留下这难得一见的画面。

每到这时，罗延会脸上就会溢出骄傲的微笑，顺势介绍起女娲银峰。清明前，采摘最鲜嫩的那一芽来，经过杀青、揉捻、干燥等十来道工序后，十斤的鲜叶不过能得区区几两女娲银峰，一斤卖1000多块钱。

已满60岁的他，似乎有用不完的精力，脸上永远挂着笑。见到团体游客，他会凑上去问："你们饭订好了吗？没订的话我帮你们订，就在平安居吃，方便！"遇到想留宿的，罗延会还会带着人到平安居的后院，参观仅有的几间民宿。

但这片标志着"蒋家坪村到了"的地方，其实并不在蒋家坪村的地界上。论起今天这番局面的形成，绝对绕不开罗家两兄弟。

早在1986年，这个小广场还是个乱草岗的时候，罗延会的四哥罗延柱就瞅准这块地方，从仅住的两户人家手上买了一亩地，把这里由一间土坯房一步步发展成了十里八乡最大的供销店。

罗延柱也因此被吸纳为平利县供销社公私合营职工。县里规定早上八点开门，下午四点半关门。他早上七点就开门，晚上八点才关门，所以供销任务完成得好，年年盈利排名都靠前。

这个供销店，不仅是周边几条沟村民采买盐醋的大本营，也是每年春买种子、农药、化肥，秋卖土特产品的集贸市场，还成了出门打工赊路费的地儿。

用村里人的话说，那个年代，到了罗延柱的供销店，家里八九成的问题都能解决。当年的罗延柱，也不光是平利县供销社蒋家坪分社主任，还是周边农户扯皮打捶的调解员。供销店已经关了十几年，罗延柱手上的欠条，仍有厚厚几大本。

也就是这些原因，让罗延柱得了个"半边乡长"的名号。

把村委会地址定在这里，是弟弟罗延会当村支书时力排众议促成的。因为这块地不在蒋家坪地界上不说，还紧邻着四哥罗延柱的供销店，村民认为罗延会完全是出于私心。

最后能说服大家，还是因为这里确实方便。村里人拉化肥、买百货都要来这儿，多年形成的集贸中心地位很难被撼动。山上也确实再难寻下这么一块规整开阔的平地。

还有一个让村里人心甘情愿的因素：这儿背靠千年老茶树。村里人心里有念想、身上有恙，都愿意到这株古树下来诉诸"茶仙"。大家都觉得这里风水好。

茶仙不一定有灵，但千年茶树的生长，却充分证明这里适宜产茶叶。智慧的山里人，从来不会错过这样的点化。

蒋家坪的致富密码，全在千亩茶园里。从 1975 年开挖，茶园的年龄虽未过半百，但命运却几经波折。

从荒山变为千亩茶园，倾注着凤凰公社 12 个村百名壮劳力的血汗。在机械化尚未普及的 20 世纪 70 年代，每一寸被开挖修整的土地，都被村民的汗水所浸润。可以说，整座茶园从诞生之初，就有着"苦干"的基因。

可这被血汗泡出来的茶园，运营起来却并不容易。为了支持茶场，罗延柱每年给茶场赊 50 吨化肥，无论是哪个承包人，只要茶叶卖不掉，罗延柱都照单全收，然后组织村里的妇女小组下山推销。

一定程度上说，那些年，罗延柱这个"半边乡长"虽然跟茶场没有任何关系，却帮茶场承担着大多数风险。要知道当年是计划经济，身处贫困的人大多不买茶喝，也喝不起好茶，茶场的经营一度萧条，不像现在人们生活水平高了，有茶不愁卖，越贵的茶越好卖。

所以，茶场在乡镇企业改革中解散后，承包人一再倒手，往日生机勃勃的茶园里，草比茶树长得都高，茶树老化得都长出了黑枝，更别提什么经济效益了。

那时候,罗延柱常想,这么好的茶园没人经管,实在可惜,要是自己再年轻几岁,就把茶园承包下来好好干,把牌子往出打。

罗延柱决定到镇子上开商店的时候,把做强供销店和振兴茶山的愿望一块儿托付给弟弟罗延会。

2004年,罗延会被选为蒋家坪村主任,县里提出茶饮产业"一业率先突破",这方茶园是时候复苏了。

罗延会上任第一件事,就是为这片茶园谋生路。当时,蒋家坪走出的第一个大学生袁守波在县委办工作,给村上争取到化肥补贴,这让茶园整修有了启动资金。

罗延会费尽口舌,动员村民承包经营,但没有一个人愿意。村里人觉得,撂荒的茶园不可能迅速盈利,以后能不能赚钱还要另说,谁也不愿冒这个风险。

村看村、户看户,农民看的是干部。没办法,罗延会带头包下了第一个大山头,又说动十几户人家一起干。

有人经管,茶山很快就有了起色。

然而,新的问题接踵而至,新鲜茶叶不能及时炒制,隔日就坏掉。罗延会多次找镇政府,希望添置炒茶机。当时镇上的定位是重工业强镇,重点扶持水泥厂、页岩厂、硅铁厂等,茶叶"生不逢时"。

这可苦了罗延会。一到清明前后的采茶季,罗延会每天无论多晚都要把收购的鲜叶拉到50公里外的长安镇去炒青。一辆小摩托,每天100公里折返跑,一跑就是三年。

一次意外事故中,他从摩托上摔出几米远,手术后腿部出现感染,住了两个多月医院,在家打了半年坐功。村里人都说,这茶园过不了多久又要凉了。

躺在病床上越久,罗延会把茶园继续经管好的想法就越发强烈。这不光是自家的事,更是全村的事。也许有人会说,他当着村干部,手里包着茶园,就不怕人说他"以权谋私"?

其实这说法在当时是不成立的。当年茶园荒着,投入大、茶价低,能保本就不错了。要不是罗延会当着村干部,他才不沾这手呢。

还有,这山沟沟里的村,多少年都是种地糊口、养猪买盐,这两样根本不能自给自足,谁家要是有个病、有个灾,多少年都爬不起来。他意识到,这地要种,得保住嘴,但还得搞多种经营来挣钱。对蒋家坪来说,茶园是现成的,弄好了,村里人手里就有来钱路了。

2006年,罗延会不顾家人反对倾尽家底拿出2.8万元,买回一套茶叶加工设备,腾出几间屋子,像模像样地弄成简易加工厂。

白天采茶收茶，晚上揉茶炒茶，自己下山跑销售。第二年春季产出的10吨茶叶，一售而光。

然而，啥事都不是一般齐。在罗延会眼里，蒋家坪的茶产业要复兴了，而在分包茶园的十几户人家眼中，经管茶园太费劲、挣钱少，开始"放养"，产出的茶叶质量自然参差不齐，卖不上价不说，还倒了蒋家坪茶叶的名声。

2009年，罗延会索性将全部的茶园承包过来，成立茶叶公司，搞了两轮引资后，他以茶山的承包权入股，当上公司总经理。蒋家坪的茶叶公司，由此从家庭作坊变成真正的现代企业。

三月鹧鸪满山游，四月江水到处流，
采茶姑娘茶山走，茶歌飞上白云头。
草中野兔窜过坡，树头画眉离了窝，
江心鲤鱼跳出水，要听姐妹采茶歌。
……

有人在茶园里起个调，立刻引来众人应和。

复苏的茶山，再一次撑起全村人的希望。

每到采茶季，蒋家坪就迎来一年一度的盛会。只要罗延会在微信群里一吆喝，几乎全村人都涌向茶山，就连平时不下地干活的老人，也挎起茶篓上山掐茶叶。

不少已经搬到老县镇的村民，组团回村采茶，有摩托的骑摩托，有车的开车，没车没摩托的就几个人包车回茶山。

采茶季的每个清晨，各种代步工具从老县镇的不同方位逐渐汇聚到去蒋家坪的盘山路上。这段有着五十七道弯的曲折山路，平日里很少能见到这样密集的车流。

采茶的那几十天，平时各忙各的乡亲们，一起掐茶叶、"打广子"。男女老少在欢声笑语中暗自较量着手速和收益。

他们中的很多人，一年最大的单笔进账就是采茶费。手快又能吃苦的夫妻档，一整个采茶季下来，万把块钱采茶费是有的。扛不住晒的人，只采两三天也能挣个千把块钱。

整个采茶季，蒋家坪都沉浸在一片欢腾的忙碌中。一直到春茶被全部采完，所有采茶人排着长长的队领采茶费，蒋家坪一年当中的"沸点"才来了。

那一天，村里人大都会穿上自己最好的那套衣裳，挤在队伍中，讨论着一会儿去集镇上买点什么。轮到自己领钱，总是拿着单子把这些天采到的斤秤数对了又对，把领到的采茶费数了又数，才小心翼翼地装进衣服里层的口袋。待所有人领完工钱，蒋家坪一季的热闹才落下帷幕。

2014 年，蒋家坪村建档立卡贫困户还有 197 户 540 人，全村贫困发生率达 45%。凭着这方茶园，蒋家坪村在 2019 年整村脱贫，2021 年人均纯收入为 11411 元。

有意思的是，村里的热闹落幕，镇上又热闹起来。

"走，找四哥去！"很多人在罗延会这里领完采茶费，又相约坐着车去老县镇，来一次痛快的消费。罗延柱的店，仍是他们首选目的地。

罗延柱在兄弟七人中排行老四，"四哥"是村里人对他的尊称。有时，爱开玩笑的长辈也顺嘴叫他"四哥"。

罗延柱在山下的新店开在老县镇旧城，比老县镇的新址远几公里。但很多人还是习惯多跑一点路来这里，总觉得在罗延柱家买了大半辈子的东西，放心。整个老县镇再难找到第二家规模这么大，能把采买需求一网打尽的店。

其实，罗延柱的生意也不是一直红火。一是之前人们缺钱，购买力低，爱欠账；二是 2000 年左右，村民间兴起打工热，成天有人来赊外出的路费。罗延柱手上的欠条越积越厚，进账的钱却越来越少。

眼看生意越来越淡，罗延柱离开蒋家坪，把原先的店盘给了弟弟罗延会，自己花了十几万元在老县镇上买下这座三层五间的小楼，重新安了家，开起了新店。

三楼自住，一、二楼的营业面积比他在蒋家坪的店大了两倍。新店开成一个小型商业综合体，一楼的大半边经营日用百货，二楼售卖服装、床上用品，通往二层的楼梯边上，各种婴儿车和儿童玩具码得整整齐齐。

2016年之前，商店每年都能赚几十万元，也算是老县镇的纳税大户。这几年，罗延柱的类风湿关节炎越来越严重，精力大不如从前，就把超市给了二女儿罗芳，一楼剩下的门面租给侄女罗稳卖农副产品。

奋斗的习惯一养成，总会催人不断迈步向前。已近古稀之年的罗延柱，担心外地茶把蒋家坪茶的名誉搞坏，筹划着用老县镇的四间老房地基，盖个轻钢别墅作茶楼，请茶艺师讲解，表演茶道。他还想把自己在蒋家坪村最深处的老宅子改成民宿……

自从有了这想法，罗延柱就将他的抖音昵称改为"奋斗一生"。

罗家是蒋家坪村的大户，即便在崇尚"英雄母亲"、鼓励生育的年代，七个儿子一个女儿的大家庭也并不多见。

罗家人团结，爱聚餐。几乎隔三岔五就能遇到罗家喧闹半日的大聚餐。聚会最频繁的一周，他们聚了三次。罗家人多，谁过生日、谁从外地回来、谁生病出院……总之，整个大家族任何一个人的新动向，都能成为家族聚会的由头。

在农村，父母在，子女间来往得勤不足为奇。可罗家老爷子老太太去世多年，晚辈们还能这么亲密地往来，确实让很多人家都羡慕不已。

绝大多数情况下，无论家里谁提出请客做东，都会选择在平安居。自己家人开的农家乐，吃得舒心自在也实惠，还能顺便回村看看。再者，像罗家这样的聚餐规模，合适的餐馆也确实难找。

如果没有平安居这个聚点，罗家也未必会像现在这样频繁地聚会。可在平安居萌芽时，全家人基本都持反对意见。当初，谁也没有想到平安居能做起来，还能成为全家最舒心的聚点。

那时茶园有了起色，蒋家坪也渐渐有了名气，罗延会发现，来逛茶山的人多起来，但村上没有能提供吃住的地方，开农家乐是个好路子。

去咨询村上的帮扶单位平利县文旅局，局长袁守波说县里支持茶旅融合，对验收达标的农家乐有奖补政策，文旅局还可以帮忙请设计师做整体规划。

拿到政府 10 万元奖补的平安居，赶在"十一"黄金周前开了业。结果冬天上山来的游客少，到腊月关门前，还赔进去一万多元。紧接着，新冠疫情来袭，所有餐饮行业都停业等通知。等到 2020 年 3 月 20 日重新开业，平安居才总算迎来了春天，罗延会也把小儿子罗永远从山东动员回村接手了平安居。

罗家聚会最常用的是平安居最大的那个包间。平时对外是标准的 25 人位，但自己家聚餐，总是把板凳加了又加。直径五六米的大餐桌，被三十来号大人挤得满满当当，孩子们只能在旁边隔间的小桌上单独开一桌。

而这三四十号人，还只是平时在老家的人。要问起确切的人数，罗家好像也没有认真算过，把在国外和大城市定居的、上学的、打工的、当兵的都算上，粗略地估计能有上百号人。

但无论聚会的主题是什么，坐在主宾位的永远是罗延柱。虽然他在七兄弟中排行老四，但从始至终他都是家里的顶梁柱。年轻时，大哥二哥三哥结婚早，早早就分了家，老四罗延柱就成了家里拿事的，也成了生产队的骨干，当了三年作业组组长。

那时候，因为过怕了苦日子，他带着大伙儿拼命地干。选良种，还尝试科学种田，几年后，大家都还清了外债，村里还有 11 户人家盖起新房。但组长罗延柱，也没少得罪人。点粪的时候，大家都拈轻怕重，大嫂跟村里的一群妇女干活时话多，罗延柱就当着大家的面，高声训了大嫂。

这一训，再没有人敢嘻嘻哈哈，之后大家干活也都踏踏实实。

可又气又恼的大嫂咽不下这口气，专门跑去给在平利县上班的老公罗延安诉委屈。

罗延安不光哄好了她，还给四弟罗延柱找台阶下："他就是想让大家都有饱饭吃,就是工作方法不好,你也不要一天混到黑,要带头好好干活,支持咱兄弟工作。"

知道罗延柱心里过意不去,罗延安还专门宽慰他:"我知道你这是杀鸡给猴看,训得好,教育她是对的。"

那段时间分粮的时候,遇上家庭困难的、孩子小的、没有劳力的家庭,罗延柱也总会想办法多照应,自家劳力多,就叫自家兄弟去帮忙背粮送粮,兄弟们也从来没有一句怨言。

后来包产到户,罗家穷得叮当响,只能问土地要粮。剩下还没分家的弟兄四个由四哥罗延柱带着,深翻土地十几亩,把石垭排起来修水田。父亲养牛,兄弟几个搞多种经营,赊米买鸡,买泡桐树苗。当年就打出万斤粮,成了万元户,还被评上"五好家庭"。

如今,几十年过去了,罗家依旧算得上是蒋家坪的"五好家庭"。

妇唱夫随

在古茶树下跟人喝了半天茶,罗克成回到家天已经黑定了。老伴早早睡了,他又忙活了半天,收拾好箩筐扁担、镰刀弯刀,用瓦片刮掉锄头上的泥，准备明天下地割油菜。

罗克成和柯长珍老两口住在小广场的东北角。

三间典型的陕南民居，土坯墙外刷着仿土色的颜料，一副宽大的现代印刷对联张贴在正房的门框上，喜庆气氛骤然凸显。

罗克成70岁，他比柯长珍大6岁。身体原因，这老两口与普通家庭分工不一样，女的干重活儿，男的干轻活儿。几十年的夫妻了，柯长珍眼看老伴儿体力一年不如一年，就叫他重活儿一概不管，自己则能多干就多干一点。

所以，下坡种地，总是柯长珍挥锄挖坑，罗克成端着钵钵点籽。下地的那段山路上，两个筐肯定是柯长珍挑，而罗克成只是扛着一把锄。就连两人打油菜籽时，每一连枷所击打的位置，都由柯长珍来确定，柯长珍打哪儿，罗克成跟着打哪儿。

儿子在外挣钱，收入不错，他们家早早在这小广场边上盖了房，日子挺滋润。尽管孩子们一再反对他俩继续种地，但两人总是手脚闲不下来，种庄稼是季季不误，毫不含糊。

柯长珍家的地虽说在坡上，但离家不过500米，水泥硬化的村道能通到地畔，加之整片土地连接在一起，这在八山一水一分田的蒋家坪，属于难得的好地。

三亩三分地里种了三种东西。最下边的五分地三年前栽种了茶树苗，如今树冠已有小脸盆一般大。中间的四分地里，开年便点了豌豆。既能当菜又能掺着做米饭。清炒豆荚、腊肉炒豌豆、豌豆米饭都好吃。最上面的两亩四分地，种着油菜。

以下原汁原味记录一对老夫妇的日常，有着样本价值。

2021年5月13日，晴。今天，罗克成和柯长珍开始割油菜。一大早，柯长珍胳膊窝里夹着镰刀走在前，跟在身后的罗克成后腰间绑着一块书本大小的木板，木板的铁栓上别着把一尺长的弯刀。这是一年中的第一个收获季节，两人起得很早。从西边的地头开始，柯长珍开了第一镰，罗克成紧随其后，油菜荚已经泛黄，油菜秆仍然呈绿色，掂在手里沉沉的。两个多小时里，老两口不大说话，其间，罗克成两次从裤兜里掏出香烟，摸出一支，将过滤嘴在香烟盒上蹾一蹾，然后才点燃。今早，目测老两口割倒全部油菜的五分之一。

5月14日，晴。一早，老两口用一个多小时割倒半亩油菜。之后用锄头在地边上平整出案板大小的三块平地，深挖松土后，罗克成担来一担粪水，浇在地上。晌午回家的路上，老罗抽香烟时引发咳嗽，被老伴吵了一通，他像做错了事的孩子，一个劲地赔着笑脸，上牙床仅剩的那一颗门牙突兀地展现出来，让人担心笑得太过，那颗牙齿随时会崩掉。

5月15日，晴。早起，老两口又割倒半亩油菜，把第一天割倒的油菜"翻个身",好让背阴的一面得到晾晒。整个过程,他们小心翼翼,偶有油菜荚掉落在地上,就一个一个捡起来,揣进裤兜。

5月16日,中雨。老两口今天没有下地干活,前三天割倒的油菜在地里被雨打湿。这让他们有点心焦。

5月17日,晴。昨日的降雨使得地里依然湿漉漉,一脚踩下去,鞋底就是一脚泥。老两口在三块案板大小的平地里用手团出一个个桃子大小的土蛋蛋,每个土蛋蛋里点进两粒粉红色的苞谷种子,制作这种手工的玉米营养钵共用了两斤半种子。

5月18日,晴。一大早,老两口将一块缓坡地上割倒的油菜归拢,用锄头刨出油菜根,再将土地平整。下午,老两口抬来一卷彩条布铺在平地上,就成了打油菜的晒场。

5月19日,晴。中午,老两口将前三天割倒的油菜归拢在防雨布上,每人操着一副连枷,你一下、我一下,罗克成下一连枷击打的位置完全跟着柯长珍上一连枷。为了防止把油菜籽打飞,打到防雨布的边缘时,柯长珍会轻打一下,罗克成跟着减轻力道,他俩像极了一对执掌大小锤的铁匠。今天收了三蛇皮袋油菜籽,大概有250斤,当天的油菜籽价格为每斤2.9元。在打收油菜的间隙,罗克成因站在临时院坝上抽烟,被老伴再次吵了一顿。与上次不同的是,他没有回嘴,所以那颗孤独的门牙没有呈现。

5月20日，晴。今天从早上到中午，老两口头也不抬地割着剩下的近一亩油菜。镰刀呼呼生风，地上掉下的油菜荚明显增多。回到家后，老两口将装在裤兜里的油菜荚掏在簸箕里，用手搓出一层菜籽，油亮油亮的。

5月21日，晴。四天前点到土蛋蛋里的苞谷籽开始露头，嫩黄色的小芽从泥土里钻出来。一大早，柯长珍端着一小盆玉米和麦粒，罗克成跟在身后，径直走向地里。在三块案板大小的平地上，他们将盆里的东西撒到苞谷苗的间隙。柯长珍说，这叫"安嘴食"。山里的鸟儿多，而且特别喜欢叼嫩苞谷苗，有时要育上好几茬。后来，人们做出妥协，用更受鸟儿喜爱的谷物"贿赂"它们，换取庄稼苗的安全。不知是这份诚心感动了鸟儿，还是这种"交易"满足了鸟儿的胃口，反正效果非常好。山里人的逻辑，山外人一时半会儿很难懂。

5月22日，晴。今天一早，为了防止油菜荚在翻动时脱落，老两口趁着清晨的潮气，翻晒两天前割倒的油菜，从始至终依然轻拿轻放。

5月23日，晴。中午，最后一次打菜籽开始。连枷翻飞，轻重有度。随着两蛇皮袋油菜籽被背走，四周一片沉寂，只有一堆打碎的油菜荚留在地里。这只是暂时的歇息，过不了多久，这里又将会生机盎然。

一周后，柯长珍说，这个夏收一共收了380斤干菜籽，卖了300斤，得了870元，剩下的80斤自己榨油吃。

几天后的一个蒙蒙细雨天，老两口开始往那块油菜地里移栽苞谷苗，一个泥蛋一株。罗克成抽得剩半截的香烟被细雨打湿，火已熄掉，但却舍不得扔掉，一直噙在嘴角。这一次，柯长珍没有吵他。

一个午后，柯长珍从偏房里拿出瓜子、糖和花生招呼大伙儿来分享。这些东西是罗克成3月25日过七十大寿时剩下的。

寿宴是在村里的平安居农家乐摆的，坐了八席。最让老两口高兴的是，在广州打工的儿子带着湖南籍的女朋友回来贺寿。准儿媳给未来的老公公封了2000元红包，还带来两条香烟。

至此，大家才知道，老罗为什么如此珍爱这个品牌的香烟，"腾云驾雾"间心里美得很！

罗克成说，等苞米抽穗后，他将在地头的草木庵子里睡上两个月时间，主要是防野猪。

2020年，老罗碰到八头野猪一起来拱庄稼，眼见打不过，他只好悄悄溜走了。有时，老罗会在身边备一点鞭炮，用来撵赶野猪。但凡能用嘴吆喝走，他不会用炮驱赶。有几次，老罗烟头快碰到炮捻时又缩回来——一只炮五毛钱,他有些舍不得。

这是一对省惯了的老夫妻,也是种了一辈子地的老两口。现在村里稍微远一点的坡地有的种了树、种了茶,有的干脆荒着。罗克成他们一定舍不得让地空着。一则是他家的地是好地,产量高。二则是自己手脚能动,根本闲不下来。即便孩子们月月寄钱,家里不靠这点收成过日子,但收一点是一点,多收一点就会给娃们多减一点负担。

更重要的是,这山、这地、这庄稼,跟他们这样的老农民在情感上已亲得不像啥了。

花甲创业

进入初伏,午后的气温飙升到36摄氏度,姜长海屋前的太阳正毒,这片立在山头的空地上,四四方方地码着翠绿的银杏叶和金灿灿的小麦。

一条黑褐色的中华田园犬懒洋洋地瘫在门口午睡,见有响动就警觉地叫上几声,然后又恢复刚才的姿势一动不动。姜长海和老伴儿在后院的阴凉下剁着猪草。

只要听见动静,姜长海就会从后院出来迎接客人。进门坐下后,他老伴儿一会儿拿出自己种的金银花茶,一会儿又拿出在山上采的野菊花:"夏天喝这个下火,我都晒干了消过毒在冰箱放着。你们看保存得多好,颜色都没变,还是黄黄的。"

"村上没有挖茶带的时候,茶叶稀缺,我们都是去山上掐野茶喝,有蔓子茶、老鹰茶……现在条件好了,自家就有茶园。"姜长海也端着茶缸坐下来,茶缸中是自制的手工茶,每年给自家留十斤,还要给娃子、女婿都分一点。

姜长海的五亩茶园,只掐一季春茶,他觉得夏茶不好喝也卖不上价,人还晒得着不住。

春日里,老两口白天采茶晚上炒。一个人炒茶,另一个人负责添火擦汗。炒了多年,姜长海悟出一些门道,用花梨树枝炒出来的茶最香,口劲好。铁锅茶养胃,但不好炒,容易把茶炒红,一回顶多炒四两到半斤的量,多了就炒不好。

大铁锅洗得干干净净,大火先把锅烧白,鲜叶下锅杀青,香头上来,就开始揉捻,再捞出。把锅里的茶油洗干净,第二回下锅要有响,先在锅里轻揉,再放手上揉。

两个人白天掐的茶,当晚就能炒出一斤多干茶,明前茶能卖到四五百元一斤,最普通的也卖百元一斤,早早就被人预订了。

"我今年收了 2000 斤麦子,你看这些袋子里装的都是。"顺着他手指的方向,各色鼓鼓囊囊的化肥袋子围着墙边摆了一圈。

如果有人目光落在角落里撂着的两口棺木上，姜长海就毫不忌讳地解释："我今年63岁，老婆子62岁，迟早要走这条路。自己做的东西实实在在，把责任推到儿女身上，到时候着急忙慌买一口，也不知道能买个啥样的。还是把事想在前头，尽量少给下一代添负担。"

虽然把身后事都提前备好了，但姜长海两口子却没有一点安享晚年的心态，而是流转土地办起农业合作社，在山上谋起更大的事业。

办合作社前，姜长海在别人家稻田干活，一天130元。钱虽不算少，但女婿不忍心老丈人这么辛苦，就出主意说开个农家乐，让老两口趁着蒋家坪的热度，赚点儿轻省钱。老两口害怕搞不转农家乐，这想法就搁置了。

轻省的钱赚不了，下苦的钱还是要挣。看着山上许多好地被撂荒，姜长海不由得心疼。他在电视上和手机里总看到别人流转土地，自己也想试试。

不出一个月，姜长海流转了五家村民的土地，花万把块钱请挖掘机整理，开出20多亩地。买除草机、旋地机，又买了1万多元的魔芋种子，老两口就这么忙活起来。

用姜长海的话说："政策好，咱就要抓住机会，扬场趁风也要多扬几锨呢！"

在姜长海的计划中，哪天他们老两口干不动了，就让娃子回来接手。31 岁的儿子，之前在宁波的高尔夫球场开店，现在又跟人合伙在浙江开修脚店。

他觉得，儿子有能力去城里创造更好的生活挺好，哪一天想回村发展也挺好。他们老两口把农场做起来，农副产品市场是永久不会倒闭的，儿子回来也有个退路。

对于自己的农场，姜长海信心满满，想着慢慢发展到 100 亩，带动村里人一起种魔芋。当前最困扰他的并不是老两口的体力，也不是农场机械每年要花的油费，而是山里的"害遭"，眼前没有好办法对付。

山上的野猪实在太多，可要保护野生动物，没人敢整，庄稼还没长大就给祸害了。姜长海也想过要给玉米买保险，价钱都打听好了，三块钱一亩，但问到最关心的问题时，保险公司的回复很明确：野猪害了不赔付。

姜长海只好在天黑时放放炮，然后把炮纸分散开来，再在地周围绑些瓶子，希望靠响动和火药味儿吓退野猪。这些土方子，在成群野猪的强盛食欲面前，似乎效果不大。

姜长海选择大面积种魔芋，也是看中了野猪不刨魔芋这一点。

"我地里现在种了有十来种东西，就是想在土地上见点效益，

20亩魔芋和玉米套种,明年就能卖魔芋种子,20多块一斤呢。

"去年八月十五前,我养的猪就卖光卖净了,这些猪是吃红苕长大的,肉好吃,一头猪能卖八九千元,三头卖得两万多。

"我自己还养了100只鸡,最后村上一只给补10块钱,也卖不少钱,再加上'掐茶叶'还赚几千块钱。

"对,我还种了一亩金银花,管理轻松,修剪完上点化肥,100块一斤,现在产量还低,越长会越多的。还有胡豆、豇豆、黄豆,都能卖点钱。"

姜长海对农业的热情和信心,在村里是少见的。谈到农业,他不把所有的产业数一遍就停不下来。每一项的介绍,一定是以能带来多少经济效益作结尾,也正是这些零零碎碎的收益,让姜长海对土地很有执念。

村里许多世世代代都在种地的农民,对农业的未来总持有挥之不去的悲观预判,"以后谁还会回村种地"的担忧时常出现在他们的日常对话中。可姜长海不这样看,他认为这个问题不用担心。新技术应用得如此快,农民操作机器就能种地的生活并不遥远。

2020年7月,长海农业合作社的手续办了下来,村里很多人问他:"为什么不立个牌子去要点补贴?"姜长海觉得自己的事业正在起根发苗阶段,不必招摇,他相信当地政府,该给他的早晚会给。

"人不负青山，青山定不负人。"一直在山里刨食的姜长海，很认同这句话。

大包干时候，人们热情高涨，到处挖地，土都松了，山上光秃秃的，姜长海虽然说不出哪里不对，但总觉得没有安全感。

直到洪水冲倒了数户人家的土坯房，大伙儿才想通山与人的关系：山是有灵性的，你对它好，它不会亏待你，但你要伤了它，它的脾气也臭得很。

有人对门口晒着的银杏叶好奇，姜长海说："这叶子晒干了，中药贩子收。退耕还林时，国家发了100棵银杏树苗，自家林子里成活了有几十根，现在每年银杏叶能收千把斤，一斤卖3块钱，结的白果一斤能卖上10块。你看，山不亏人吧！你不给它种树，只一个劲挖，它能给你这银杏叶、白果？"

茶山元老

万家灯火时，陈开宪最难挨。他总是一个人看着窗外，想象别人家团聚的热闹。即便和兄弟姐妹的大家庭聚餐时，甚至是侄子结婚去帮忙时，也感到"热闹是他们的"，"我只感觉吵闹"。

在蒋家坪，陈开宪是个特殊的编外村民。没有宅基地，也没有半分田，甚至没有一个亲戚在村里。何以为家？这个问题，几乎困扰了陈开宪半辈子。

"他本来不是我们村的人！"村里人提到陈开宪，往往第一句话就透出天然的疏离感，对他的印象也基本都与茶山捆绑，甚至还有人半开玩笑地说："陈开宪至今没成家，大半辈子都在茶山干活，茶山就是他媳妇。"

的确，要不是这片茶山，陈开宪也不会和蒋家坪结下这大半生的缘分。

1981年9月3日，22岁的陈开宪怀着满心期待，到凤凰茶场报到，顶堂哥陈开云的班。

堂哥是凤凰茶场的元老，从1975年开山挖茶带，一直干到家里两个老人都年过七旬，作为独子的他必须回到他们跟前去照顾，不得不找个人来顶班。

选陈开宪顶班，一方面是因为他家里四个兄弟，劳力多，还有妹妹能照顾父母；另一方面，也想让他来这儿找个媳妇。

在堂哥的描述里，一到采茶季，村里的大姑娘、小媳妇都汇聚茶山，在这儿找媳妇，简直就是"老鼠掉进大米缸"。

但他没想到，去茶场顶班这个决定，让他不光没有娶上媳妇，还差点变成"黑户"。

顶班手续没交接好,陈开宪在老家的农业税还在交,茶场的税费也要交。两头交税,让陈开宪想把户口迁到茶场来,这样能减轻家里兄弟们帮着交税的负担。

时逢包产到户,加之陈开宪常年不在村里,村干部一口咬定他的户口已不在老家,早就随人迁走了,而茶场压根儿就没有接收过陈开宪的户口。

从 22 岁到 52 岁,陈开宪就这样成了没有归属的"黑户"。一直到 2011 年,蒋家坪村支书罗显平出面帮忙,陈开宪那失踪 30 年的户口才找到,并在蒋家坪落了户。

奔着结婚而来,却不料,满茶山没有一个姑娘愿意嫁给一无所有的"黑户"。从茶山的丰产期到茶树日渐老化,再到砍掉老枝重发新枝;从乡镇企业到经历寇长胜、王强、胡汤宝、罗延会几任承包人;从茶场高峰期的 100 多人,到后来长期干活的 24 个人,再到茶场的土墙房里只剩他一人常住。茶山的四季一年年轮回,茶场的老板一任任更替,陈开宪守着这座茶山的萌芽、兴盛、衰败、复兴,茶园牵绊了他的半生。他像是茶山的"不动产"。

如果不是 2000 年以后,茶树日渐变黑,变成老树桩,茶园基本荒了、茶场停摆,陈开宪失去唯一的经济来源,他可能这辈子都不会离开茶场去外地打工。

他跟着村里人尝试去外地打了几次工,广东、河北、河南,煤窑、铁矿、钢厂、造纸厂，断断续续折腾几年，多数时候只能勉强糊口，只有两次揣了点钱回来。

那一年，他跟着老乡照常2月出门，但一直等到7月，打工的煤窑还处于间歇性整改关停状态。赶集时，听见几个四川妇女说她们干活的铁矿一天能赚百十块，他就跟着去，干到年底攒了一万多块，那是他最富裕的时刻。

但赚快钱的快感，很快就被工作的高风险给吓退了。2012年，他在河北唐山一家钢厂，眼睁睁地看着一个老乡被火花四溅的铁水喷溅在身上，皮肤瞬间像水萝卜皮一样褪去。在无比惊恐地闪躲时，陈开宪的脚也被钢板砸中。

左脚大拇指骨折，住院十天，钢厂只给结清医药费，说这样的小伤没有任何赔偿。陈开宪就自己回村，并决定再也不外出打工。虽然在当时一个月6000多元的工资很有诱惑力，但陈开宪认定了"门上不管怎样都好，外地再好也容易出问题"。

生活就是这样，又难过又难说，不会让风雨刻意避开哪个不如意的人。

陈开宪带着外出受的伤，想要回家疗伤，却发现，那个虽然不属于自己，但也住了十几年的茶场土墙房被雨水冲垮。钻心的孤独无依涌上心头，泪水模糊了他的视线。

还瘸着腿的他彻底无家可归。看着眼前这片茶山，陈开宪仿佛又有了力量。那一天，年过五旬的陈开宪，在茶山下的停车场租了一间房住下。脱贫攻坚开始，陈开宪被识别为五保户，在蒋家坪村的移民安置点分到一套两室一厅的单元房，他第一次有了属于自己的家。

新生活开始了。

都知道陈开宪算是个茶叶专家，但凡茶场有活儿，一定会找他，因为村里找不出第二个比他更懂茶的人。每年清明前，他都会上茶山给自己掐些茶叶，这是茶场默认给他的福利。

茶山承包人罗延会每年都请陈开宪作为女娲凤凰茶场代表，去参加陕西省手工制茶技能大赛。

炒了将近40年的茶，原料、火候、手法的把握，早已化成了他的肌肉记忆。第二次参赛，陈开宪就获得金奖，拿到3000元奖金，那块奖牌至今都立在茶叶展销中心门前。

当然，除了手工制茶，茶园日常管护和采茶季负责收茶，陈开宪都是最有经验的行家。

2020年负责收茶时，有夫妻俩采茶回来，非要倒在一起算钱。但丈夫采的明显更粗糙，很多是三叶茶，他们之所以要合到一起称，是想趁着人多蒙混过关，多赚点钱。

干了这么多年，陈开宪清楚，如果不筛开算等级，老板势必会亏本。既然受雇于老板，就必须负责任。再分开来称，又无形中增加了他的工作量。跟这对夫妻大吵一场后,陈开宪决定再也不干这个得罪人的差事了。

单芽70元一斤,一叶一心的毛尖40元一斤,两叶的25元一斤,遇到采回来的四不像鲜叶,定价高亏老板,定价低亏采茶人。他每年都会因为分级划价得罪不少村里人。

2021年,罗延会又叫他去收茶叶,陈开宪以"采茶的母老虎多得很"为由,拒绝了这份差事。

之所以敢对赚钱差事说不,不只因为他"一人吃饱,全家不饿",还因为国家兜底政策给了他选择晚年生活的底气。

陈开宪对自己眼下的生活无比满足,他感念国家的好政策,每年1000多元的养老金和6000多元的五保户补贴,让他衣食无忧。

空闲时,陈开宪会去茶山工作一段时间,一天130元。他的日常花销里,只有每天一包10块的烟钱是硬支出。

劁匠父子

过去,山里有两个吃香的行当,赚钱不用本钱,活儿还轻省。一个是媒人,另一个就是劁匠。

第三章 土地之恋

劁匠，是给各种牲畜家禽绝育的外科大夫。"一劁猪，二打铁，再不发财就拦路打劫。"从这句民谚也能看出，当时劁猪匠的收入水平，位列乡村手艺人的榜首。

"猪不劁白喂猪食白喂糠，拱地咆叫踩禾秧，苞谷喂到箩箩底，三天不长二两膘。"村里人讲，猪不劁心不静，难得养肥。不劁的猪，肯吃不肯长，吃得多消耗也快，不容易上膘，到处乱跑，刨地拱墙，还糟蹋庄稼，唯有求助于劁猪匠。

农村对劁匠有刚性需求，但很多年轻小伙儿忌讳劁猪这手艺的特殊性，羞于拜师学艺。上了年纪的手脚不麻利又学不好，故劁匠技艺一窍难得，也不是人人都能吃得上这碗饭。十里八乡的，也许就出么一个。

都说学艺不精，耽误终身。老人们常说劁猪这门手艺一般人学不了，要手快、胆大、心细。手不利索割不好口子，胆不大猪一嚎切不到位，做事不仔细劁不干净。

若不是子承父业，陈学银也不一定能干这行。

父亲常感慨："骟牛劁猪遭人笑，赚钱不得人知道。"父亲在当大队会计的几十年里，也一直没舍得丢掉劁匠手艺。等到陈学银初中毕业，就带着他一起走村串乡，上门去农户家骟公劁母。

"劁猪上起三叉骨，阴手进去阳手出……"父亲每次干活的时候，都不厌其烦地念着口诀，让他牢牢记在心里。每一次打下手，都是一次现场教学。

父亲常说，劁猪讲究的是一刀切尽，若是劁不好，只会砸自己饭碗。

跟班学习了大半年，父亲让陈学银拿自家的猪练手，熟练之后，才有去外面主刀的机会。

两年后，陈学银出师，另立门户。父亲年龄大了，只跑附近的村，陈学银去远路的村寨揽活儿。

"割裂阴阳断是非，农家万户养猪肥。一声号角千家应，四季繁忙脚步飞。"相传，这个羊角号小孩是不能随便吹的，吹了肚子会痛。

每年春暖花开的时候，陈学银就挑着一副担子，在十里八村走街串巷，必带的行头是一支羊角号、一把带钩子的锋利小刀。担子上绑着一根红布条，这是劁猪匠的招牌，随着担子一起一伏，红布条也如火苗般飘扬起来。

陈学银走村串户不靠吆喝。每到一处，就会拿出羊角号，"咦哦——咦哦"，号声穿透力很强，大老远的人家都能听到。

有仔猪要劁的人家，听到羊角号声，立即吆喝他到屋，哪怕人还在坡上挖地，锄头一丢就跑到家门口迎着。

商定好价格，劁匠直奔猪圈，把要劁的小猪娃麻溜抓住，先用手摁住猪前腿，再用脚踩住后腿，等猪娃不能任意动弹，就从旁边放的褡裢中，拿出一个油污乎乎的土黄布口袋，里面装着几把形状各异的手术刀。他根据猪娃公母，选择对应的刀片，手起刀落间，伴随着猪的哀嚎，两个像剥壳荔枝似的肉蛋蛋就落在劁匠事先准备好的麻纸上，再往伤口处撒一把草木灰，整个过程不到五分钟。劁猪匠一松手，小猪立马直起身子，夺命逃向远方……

割下来的东西，有时会被劁匠收走，成为一碗大补的下酒菜；有时会被劁匠直接往房顶上一扔，图个吉利。

"劁猪不讲价，长得比牛大。"民间普遍认知里，劁猪匠每天的工作都要见血，主人家一般都不讲价，只图劁过的猪肯吃肯长、膘肥体壮。

遇到家里实在困难的，陈学银会少收一点钱。有时，还会免费帮主人家骟公鸡，这种服务相当于买一送一。主人家也会奉贺劁猪匠："劁猪利刃挂殷红，子孙万代不受穷。"

总有农村妇女看陈学银小小年纪就干这行，故意逗他，问："为什么公猪母猪都要劁，难道不劁就不行吗？"

陈学银先瞅着对方，过几分钟才不紧不慢地应答：

"这公猪不劁，会到处跑骚；母猪不劁，会跳圈发情。睡觉时间少长膘慢，长大出栏屠宰时，猪肉里还有一股呛人的尿臊味，所以猪是必须要劁的。

"要是劁了就不一样，春天心不动，夏天胸不躁，秋天意悠扬，冬日等太阳……总之，猪劁了，心就静、气就顺，身体倍儿棒，吃嘛嘛香，自然就胖！

"这不劁的猪和劁过的猪相比，还要晚出二到三个月栏，你自己算算这要多搭多少饲料和泔水呀。"

每每讲完这些，农妇们都边点头边附和着："就是就是，劁了好。"

1999年，陈学银的父亲在弥留之际，把自己用了一辈子的劁匠行头，当作压箱底的宝贝传给他。陈学银至今把它们视作珍宝，里三层外三层地包裹着，放在家里最隐蔽的地方。

俗话说："天干三年，饿不死手艺人。"比起埋头务农靠天吃饭，劁猪这行的确是旱涝保收。陈学银就凭着这份手艺，娶妻生子、成家立业，日子过得总比务农的强一些。

只是，渐渐地山里人都往外走，养的家畜也越来越少了。陈学银靠着一把刀就能养活家的时代落幕。走村串乡的劁匠淡出人们的视野。

在陈学银眼里，劁匠这行手艺其实没有多大学问，只要胆大心细刀法硬就行。相比劁猪，看牲畜的疑难杂症就更见劁匠的功夫高下了。一般常见的病好对付，无非是打几针青霉素、链霉素或青链霉素合剂，病就好了。

陈学银有些眼光，为了自己行走江湖多一技傍身，专门去进修中医和兽医。鉰匠生意淡了，他就在村里开起中医门诊。

那时候，蒋家坪村开着四家小门诊。但有意思的是，这四家门诊却没有形成竞争关系，都有各自擅长的领域，互为补充。一家看感冒发烧等常见病；一家卖膏药，主治外科疾病；一家可以做针灸，治腰腿疼有一套；陈学银的小门诊是自己配中药，做外敷药物，如果有人被蛇咬伤、被烫伤，来他这儿就对了。

陈学银最引以为傲的一件事是，村上有人手上七成的皮肤被重度烧伤，去医院要花好几万植皮，陈学银凭着自己多年摸索出的药方，配了千把块的中草药膏，外敷几个月就恢复了很多。

"我就想让门上人少花钱还能把病看好。"陈学银对乡亲们的热肠、厚道，让村里人对他有着天然信任。几年前，陈学银被选为村监委会主任。

当村干部的三年里，陈学银顾不上打理中医店，来看病的人也越来越少，开了多年的中医门诊就此停摆。

陈学银爱喝茶，自家有几分地，种点儿茶叶，自产自喝，但他和其他人喝的茶又不太一样。准确来说，陈学银喝的是草药茶，爱人血脂稠，就给爱人配三七粉，自己有心脑血管疾病，就喝毛冬青。

这日子，就跟茶一样，绵长、有味。

第四章

乡风习习

村里有静谧安宁,也有鸡鸣犬吠;有慷慨解囊,也有锱铢必较;有人情冷暖,也有世态炎凉……乡间市井,聚拢来是烟火,摊开去是人间。只有开放包容的时代,才有乡村生活的千姿百态。

父亲心愿

"妈妈,咱家的'大黑'又出来晒太阳了!"四岁的佳佳在自己的小花园里给野菊花浇水时,她向正在屋檐下择菜的妈妈喊了一句。

"没事的,它又不伤人!"妈妈抬起头,轻轻说,继续干着自己手中的活计。

大黑是一条黑背白腹的乌梢蛇,足有一米多长。2020年夏天,只有一尺长的大黑就出现在佳佳家的场院下。出于对女儿安全的考虑,佳佳妈自己动手把场院周边的茅草做了清除,并洒上雄黄。

之后,大黑经常出现,有时挂在树上晒太阳,有时伏在草丛中睡觉,但从来没有越过场院。佳佳在花园捣鼓时,常常会放下手中的小铲子、喷水壶,呢呢喃喃地和大黑说上一阵话。

"蛇是钱串串,说明今天又会有客人来。"忙完手中的活儿,佳佳妈拿着一瓶插了吸管的桔贝合剂糖浆送到女儿手里,边督促她喝下，边接着女儿刚才的话。

佳佳妈叫郭小琴，1994年出生。她28岁的生日还没过，但170斤的体重，体形已经失去管理，只有那双刷得一尘不染的小白鞋，残存着主人对美的最后一丝追求。

对郭小琴而言，最美的生活莫过于女儿不生病的每一个平常的日子。

未来，何为美？那就是靠自己的双手攒上一些钱，等爷爷奶奶百年时，替已故的父亲为他们办上一次风风光光的葬礼。这是父亲的心结，也是父亲的遗嘱。

"犟，你犟得十头牛都拉不回来！"这是丈夫陈虎对郭小琴说的最狠、最无奈的话语。

2020年4月22日，郭小琴辞去村上信息员的工作。这份一月有2000元收入的差事，在许多村民眼中是求之不得的美差。

4月23日对老屋进行施工改造，29日便开门营业。一周时间里，她投资五万元，办起凤凰茶山农家乐。大厨、传菜、洗碗、采购全由郭小琴一个人包办。对了，还要管理两岁半的"小油瓶"——陈佳佳。

初夏的清晨，顺着缠绕在山间的雾带一路前行，细小的雾气侵入鼻腔，让人鼻子痒痒的，会时不时在空阔的山林里放肆地打一个响亮的喷嚏。雾气最浓处，便是凤凰茶山农家乐。

站在这典型的陕南农家小院里,周围的一切都那么静谧,连那无序的蝉叫声都不再显得聒噪。日头升起,雾气散去,葱郁的树、争艳的花,山间众多美好便互不谦让地呈现出来。

房屋的土坯墙上,钉着一块一米见方的黑色橡胶布,用粉笔整齐地书写着售卖的菜品和价格。

郭小琴的储物间里,鹅蛋、土鸡蛋、山笋、土猪肉,偌大的冰柜里有序地盛放着各种食材。

"这鸡蛋是上院的老汉一手用玉米喂出来的,那蛋黄比金子还黄。这嫩笋,是我婆婆妈沾着露水采来的。"

对于每一种食材的来由,女主人都有一个故事可讲。故事里有人情,也有感动。

不锈钢焊接的菜架子上,整齐排列着几个玻璃瓶,里面盛放着自制的豆腐乳、豆豉、腌酸菜、腌豇豆。与玻璃瓶并排摆放的两本书,一本是《常用兽药手册》,一本是《善的人生》。

善,在这个年轻的农村妇女身上体现得淋漓尽致。

2010年,郭小琴16岁,也是她人生重要的分水岭。那年,爸爸和妈妈离婚,她和弟弟流着眼泪送走了妈妈。至今她还记得,妈妈走后,爸爸做的第一顿饭是:白米饭就炒洋芋蔓子。内心的苦闷让她忘记了饭菜的味道,当时对母亲只有一个字:恨。或许为了排解内心的不悦,或许为了报复母亲的离弃,那年,她认识了陈虎,并互相确认为初恋。

"六年的恋爱中,我们从来没有'越界',直到结婚后才……"交谈中,郭小琴几次主动讲起这一点,似乎在强调,自己只是早恋爱了几年,而不是没有母亲管束的"疯丫头"。

恋爱四年后,郭小琴第一次来到陈虎的家,也就是眼下做农家乐的这院房子:"我婆婆妈拿了一双布鞋当作见面礼,当时感觉特别受宠。晚饭炒了八个菜,炖了汤,叫了一桌子亲戚,我特别喜欢他们家的氛围。"郭小琴说,妈妈走后,她和弟弟真的就像"没娘的孩子"一样。

离开陈家时,准婆婆包了一个红包,里面装着1001元,意寓千里挑一;微醺的准公公说起订婚的事,郭小琴说:"叔,我是图陈虎这个人,不在乎他的家产,你放心!"

两年后,陈虎没有带媒人,自己到郭家提亲,郭小琴的爸爸冷冷地来了一句:"彩礼我一分钱也不要,但是,我是出嫁女儿,不是女儿被狼叼走了!"

是啊!没有媒妁之言就不能称得上明媒正娶。亲爱的父亲,不为自己争取一点利益,但绝不希望自己的女儿受丁点儿委屈。

看到陈虎灰头土脸地离开了自家,郭小琴本想给陈虎打个电话,告诉他找个"会喘气的人"做媒人就行了,忙乱中不小心打到了父亲的手机上:"陈虎,你这个呆头呆脑的笨蛋,我爸不是不同意,我们这里是有规矩的……"

话还没说完,电话那头的父亲实在憋不住了,来了一句:"看来,女大不中留啊!"

得到授意的陈虎带着媒人再次来到郭家,给郭小琴的母亲10000元买衣服钱,给准岳父15000元零用钱,给爷爷奶奶各2000元,给正在上学的弟弟包了6666元的大红包。

"奔为妾,娶为妻。"郭小琴的父亲提出的唯一要求便是男方要给女儿摆酒席。

"说这话时,爸爸已经喘得很厉害,但没人知道他的病会那么严重。"郭小琴说。

出嫁时,妈妈准备了嫁妆,嫁妆里放着30000元现金,其中有爸爸给的10000元、妈妈给的20000元。"当父母的总害怕女儿在婆家被为难,留个傍身钱,不用低声下气向人家伸手要钱。"郭小琴十分理解父母的一片苦心。尽管他们是离异的前夫前妻,但为了操办女儿的婚礼,暂时聚在一起。

婚后,一家人从山里搬到老县镇的新房居住。那是公公婆婆倾尽一生积蓄盖起的三间两层小楼。这幢小楼里居住着三代十口人,仅二楼的三间卧室就住着郭小琴和老公、哥哥和嫂子以及大姑姐和姐夫三家人。

曾经让郭小琴向往的大家庭氛围,也因长期的近距离相处,偶尔出现了锅碗相碰的声音。

女儿的出生，让郭小琴对父母、对家庭、对生命有了全新的认识。

陈佳佳出生时因小儿肺炎和心脏卵圆孔未闭合，住了14天医院，医院三次下了病危通知书。

出院时，医生告诉郭小琴，半年后带着孩子来做心脏B超，如果心脏卵圆孔已闭合，即为自愈。

"这半年里，我没让别人抱一下陈佳佳，包括我的婆婆妈。"郭小琴总担心，孩子被别人一抱，就会出乱子。

挨过了六个月，郭小琴小心翼翼地带着女儿到医院做B超："为了让娃能舒服点，我把她抱在怀里，在医院地板上跪了有十多分钟，让医生复查。"

"闭合了！"听到医生的这句话，郭小琴哇的一声放声痛哭。半年时间的担心、恐惧和委屈在这一刻倾泻而出。

"小琴，我不好过，你能不能回来？"2017年农历十一月十五日，郭小琴意外地收到父亲发来的短信。之所以说是意外，是因为父亲从来不愿意为了自己的疾病麻烦他人，包括儿女。

郭小琴带着佳佳匆匆赶回了娘家。此时的父亲已经认不出女儿，看到父亲的嘴角出血，郭小琴担心会咬坏舌头，情急之下，把父亲揽在自己怀里，将大拇指放在他的嘴里。

父亲那张无数次亲吻过自己小手的嘴巴，此时已不由自主地张合着。郭小琴任由父亲咬伤自己的手指。她的心在滴血，似乎唯有受些痛、受些伤才能弥补对父亲的亏欠。

最终，父亲在女儿的怀里睡着了，就像小时候女儿无数次闻着热热的鼻息，熟睡在父亲怀抱里一样，只是这一次是父女间的诀别。

"我死后可以不办葬礼，你爷爷奶奶百年时，一定替我办个风风光光的葬礼。"父亲走后，郭小琴在床头柜里找到了一封信，信中除了有对自己和弟弟的牵挂、不舍之外，也有如此的托付。

无尽的泪水冲刷着23岁女孩的心，父亲的一生一幕幕呈现在眼前。

1971年出生的父亲，走时也仅有46岁。在短短的一生里，他在铁矿、煤矿、金矿里待了整整25年。

"父亲属于闷葫芦性格，只会干活，不会语言上的表达。他在矿洞里没日没夜拼命的这25年里，意味着妈妈一个人守着山、守着家，也守着寂寞。"已为人母的郭小琴渐渐理解了母亲的不易，也开始原谅自己的妈妈。

特别是自己出嫁时，妈妈主动回来准备嫁妆，让自己的婚礼圆满进行；父亲去世前，作为前妻，妈妈一直守在身边，并用她这些年辛苦打工积攒的钱，为前夫办了一个体面的葬礼。

山里人的纯朴、善良真不是用文字和语言能描绘出来的。

郭小琴的父亲三年前就检查出尘肺病三期，面对这样的病情，他依然当起了闷葫芦。

从医院回到家，他开始筹划建新房的事。建一院新房，是父亲一生的愿望，也是他坚守矿洞25年的动力之一。

现在，父亲心里明白，如果不抓紧时间，这一愿望将会落空，他也将带着莫大的遗憾离开这个世界。

"爸爸知道自己的病看不好，手头的那点积蓄与其用在看病上，还不如给自己儿女、父母留下一个'避难所'。"郭小琴啜泣着，她很难想象，瘦弱的父亲，是怎样一口一口倒腾着气，一袋一袋背运着水泥和沙子？她不知道，那时的父亲是无比绝望还是无限憧憬？

知道父亲在家中建起了新房，当时在南方打工的郭小琴给父亲的银行卡里打了一万元，没过多久，便收到短信："我闺女是最棒的。"

看到短信后，郭小琴跑出工厂，痛痛快快哭了一场。这是长这么大，闷葫芦父亲第一次这么直白地表扬她。更多时候，他会把对子女的爱和赞许深藏在心中，转化成一种无私的行动。

郭小琴记得，自己上学时，别的同学每月只有20元生活费，父亲却每月给她50元，他的理论是："女孩子要自爱，不能轻易被几个零花钱骗走了!"

后来郭小琴知道,她寄来的1万元,父亲花3700元购置了冰箱,方便存放食物。又花1800元买了热水器,从此,爷爷奶奶实现了"洗澡自由"。

她还知道,盖房时花了26万元,妈妈主动出了4万元。是的,就是那个曾经离她而去,让她无比怨恨的妈妈,这些年一直像一只隐形的手,在默默地帮扶、支撑着这个家。

父亲走后,郭小琴刻意和妈妈更多地走动起来,慢慢地走进妈妈的心里,走进一个苦命女人的人生。

从嫁到郭家后,妈妈便守起了"寡"。父亲没完没了地钻在矿洞,只有过年时间在一起生活几十天。平时没有书信交流,见面时没有温存的话语。独守大山的母亲,苦闷和压抑日复一日地累积着,无数次地想喷涌而出,但苦于两个孩子年幼,最终忍了下去。

在村里流传着妈妈的一个笑话,她上山劳动时经常在背篓里背着一只小猪崽,被村民视为怪举动。

郭小琴向妈妈求证,得到的答复是:太孤单了,有个活物在身边还能唠叨两句。

母亲有肾囊肿,一直拖了十几年时间,直到离开郭家后才做了手术,一拃长的刀口。她选择在这个时间点做手术,就是不想让一双未成年的儿女为自己担惊受怕。

郭小琴 16 岁那年，妈妈不再忍耐，父亲像早有预感一样，选择放手。就这样，一个看似圆满的家庭"形"散了，但缠绕在亲情之中的"神"，怎么会轻易地一拍两散呢？

离婚后，妈妈选择再婚，企图把失去的青春弥补回来。但，天不遂人愿。矿难发生了，妈妈后来的丈夫被压死。她再次成了单身。

后来，母亲再次组建了家庭，也找到了属于自己的幸福。父亲去世后，郭小琴把继父当亲人一样对待。

2020 年 9 月 21 日，她在自己的农家乐里为继父操办了生日宴，还花 400 多元为继父购买了衣服。

"他逢人便夸，这是我女儿给买的衣服。"郭小琴说，无论多亲，她也只能叫出口"叔叔"两个字，"爸爸"一词，永远留给自己已故的父亲。

父亲走后，郭小琴每次回去看望爷爷奶奶，白天强忍着笑，晚上抱着小佳佳整夜整夜流泪。

"我以前特别害怕坟，怕在坟地见到鬼。直到坟里埋着自己最亲近的人后，我多么希望能以这种特殊的方式见上一面，但那是不可能的！"一个女儿对父亲的思念，尽在话语中。

一次到父亲坟上"挂了亲"（上坟）后，她把微信名改为"一叶浮萍"。"我的根在哪里？我要漂泊向何处？"郭小琴说，多少个寂静的夜晚，这两个问题无头无序地萦绕在她脑海中。

直到 2020 年 4 月 22 日清晨，她突然间清醒了！是的，回到山里，回到宁静的地方，给自己一个喘息的机会。

于是，她迫不及待地辞去了村里的工作，在婆家人的一片反对声中，办起了农家乐。

这种反对是有道理的，当年公婆使尽浑身解数在镇上修建房子，就是担心山里的条件不好，留不住这位可爱的儿媳。如今，儿媳却不识抬举般地再次回到山中。

郭小琴内心是欢悦的、庆幸的，庆幸在宁静的山坳里还有一片属于自己的天地，一方茶园、几块菜地，还有干净的水和清新的空气，这一切足矣。

是的，家乡常常是一种矛盾体般的存在。年少时，人们像叛逆的孩子一样独上层楼；经历生活的五味后，又心静如水地回归。这大概就是故土难离的本真。对郭小琴而言，还有一个现实情况，自从父亲去世后，她实在见不得别人给老人过生日的场景。每触此景，心如刀剜。

大山，成了她疗伤的避难所。

"自从回到山里，佳佳懂事了许多，平时有客人来时，她会主动送水果，客人走后，她还会帮忙收拾东西。看见妈妈累了，她会送上一杯水,软软地说:妈妈喝水。"郭小琴说,这是回到山里的意外收获。

在小佳佳的"动物园"里,饲养着十只小鸡、两只小鸭,还有一只用小鸭交换来的小白兔。每天早上六点,佳佳会准时起床,给小动物们准备各种食物。

大山有许多意外的馈赠,从4月起,山上便有了野樱桃、大米泡、空心泡、枇杷、五月桃、李子、五味子、野猕猴桃……各种野果依次登场。

这些也成为郭小琴吸引客人、赠送人情的小零食:"说实话,刚开业我也不知道自己能坚持多久,但慢慢发现,人与人是很好相处的。"

在2020年半年多的营业中,郭小琴已经收回了全部投入,这让她信心十足。

2021年"五一",郭小琴的农家乐挣了2900元,她花1200元换了两个防盗门,花800元拉了千兆光纤,准备安装摄像头。

山中有宁静,也有孤寂。自从上山后,每到日落,郭小琴娘儿俩就把房门紧锁,女儿常常在夜里吵吵着说外面有野猪,但两人从来不敢出去瞅瞅,尽管床边放着一根防身用的棒球棍。

棒球棍是郭小琴丈夫陈虎送给她的"开业礼物"。结婚五年里,这位责任心十分强烈的男人一直在水电消防工地上创业。郭小琴从来没有问起过丈夫的收入,也从来没有向他伸手要过钱。她理解他创业的不易,也担心给他太多的压力。

"从谈恋爱起,我们认识11年了,吵过无数次嘴,说过不少狠话,但从来没说过要分开。"郭小琴说,自己认定陈虎是个有担当的人。

吸取母亲的教训,郭小琴对陈虎唯一的"硬要求"是,无论工地多忙,每月必须抽出两天时间回到山上陪自己和女儿生活。"如果他落实不了,我就会带着娃撵到工地上住两天。"郭小琴笑着说,"无非就是误几桌饭,没什么大不了的。"

山里生活也有让郭小琴几近崩溃的时候。

"任何大彻大悟的人,都会经历束手无策的时候!陪了三个晚上了,都不知道是习惯了还是真的太累了。孩子不舒服,自己感觉像是个罪人!"这是2021年5月12日凌晨三点零八分,郭小琴在抖音上发的内容。

佳佳生病三天,高烧近40摄氏度。郭小琴陪在女儿身边。这似乎是一种诉苦,诉给谁听呢?

一大早,看到抖音的陈虎发来了短信:"你辛苦了!"

"看到短信那一刻,我的心一下子回填了!我的辛苦得到了回应!"郭小琴说,自己仿佛成了一个等待表扬的小学生。

2020年腊月初,爷爷膝盖痛,住在县医院的七楼,女儿高烧 39.5 摄氏度，住在三楼。郭小琴一个人照顾一老一少，上下楼层跑，就这她都没舍得让老公回来耽误上几天工作。

直到腊月二十九日，陈虎依然待在工地上要工钱。郭小琴带着佳佳吃住在工地，她担心丈夫太急躁，会干出傻事。"每一个人都有自己的不容易。"郭小琴说。

在他俩的人生规划里，郭小琴照顾家，陈虎所有的积蓄为女儿的未来做打算，用郭小琴的话说："把她爸挣的那份钱，成捆地存下来是最好的。"

2020 年，因为孩子的教育方式问题，郭小琴和公公大吵了一架，那是她嫁入陈家后唯一一次。

那次公公到农家乐来，带着七岁的大孙女。吃饭时，公公一边给孙女喂着饭，一边还给佳佳拿着手机看视频。

不懂事的佳佳被这种"向往的生活"吸引，哭着让妈妈也如此。郭小琴操起棍子，当着公公的面就把女儿打了几下。

"请不要当着孩子的面，指责我教育孩子的方式，谁说，我怼谁。"这是这次吵架时，郭小琴给公公画出的"红线"。

吵嘴归吵嘴，郭小琴和公婆有着父女、母女般的感情。

"我公公是 1968 年生人，七月初一生日；婆婆也是 1968 年生人，十月十七生日。"郭小琴顺嘴说出这些，让村里人很是吃惊。

"小琴,就这一点,你比许多儿媳好。现在多少人连自己亲妈的生日都记不住。"乡亲们不由得夸奖她。

"我爸爸走得早嘛!所以只能孝敬爷爷奶奶和公公爹婆婆妈了!"

2020年秋天,公公和婆婆结伴到农家乐帮忙,郭小琴炒了公公平时最爱吃的腊肉。哪知,公公舍不得吃,还不停抱怨太破费。

"爱吃不吃!"郭小琴一句揶揄的话,逗乐了一家人。

长命百岁

初夏的夜,习习山风送来一股甜甜的槐花香,蒋家坪最大的农家乐——平安居送走了今日最后一拨客人,也恢复了大山本来该有的宁静。

当了一天传菜工的"罗导"罗永康,在院子里的四方桌上泡好了自己亲自炒制的绿茶,并拿出据说珍藏已久的半瓶好酒招待大家。

"村里的'长命'和'百岁'两兄弟,那是真正的孝子。"罗导边喝酒边自语。

长命！百岁！寓意多么美好的名字啊！

是的，在缺医少药的20世纪六七十年代，身处大山的父母对儿女最大的期许就是健康地活着，这既是一种纯粹的爱，也是一种无奈的美好愿景。

百岁是大哥，大名叫王代春，今年64岁，育有两儿一女；长命是弟弟，大名叫王代青，1971年出生，未婚。

眼前三间土坯房是他们的老宅，也是长命和母亲的暂时住所。百岁在镇子上有楼房，长命和母亲在村里的安置点也分有楼房，母亲因住不惯，哭闹着要回老宅居住，但老宅又不符合脱贫攻坚"两不愁、三保障"的标准。

在百分之百执行脱贫攻坚相关政策时，村干部常常要面对特殊情况，这的确考验着他们的能力和水平。

每逢个例，他们把握的尺度是：尽最大能力按政策办，尽最大可能满足群众的真实意愿。有一点是不冲突的：无论是中央还是乡村，共同的目标只有一个，那就是让群众的日子过得越来越富裕，还要过得舒心。

正是因为有个例存在，才能感知村干部的不易；正是因为有个例存在，才能感知政策的以人为本。

至今未婚的长命和90岁的母亲是低保户，2018年，村里在集中安置点给娘儿俩分了一套50平方米的楼房。考虑到老人的出行便捷，楼房在二层。

2019年春节前，长命动员家里所有亲戚给母亲做工作，准备在新楼房里过春节，并开启全新的生活。

母亲只去住了三天，就哭闹着要回到老宅，并给出一个让人哭笑不得的理由：楼房不能随地吐痰。

长命只能随母亲的心愿，娘儿俩搬回了大山深处的老宅。

母亲年岁渐大，也慢慢活成了小孩。长命年龄也渐大，慢慢成了保姆，像小时候母亲养育自己一样，精心侍候着母亲。

母亲牙齿全部脱落，长命就把肉和饭菜做成糊状，再用擀面杖捣上几遍供她吃。母亲经常吃着饭就睡着了，会连碗带饭掉在地上。长命就一勺一勺地喂食，看到母亲瞌睡时，他也不去叫醒，等她睡一觉后再喂下一勺，常常一顿能吃两个小时。母亲夜里忽然想吃水果，等不得天明，长命不敢长时间离开，只好叫外卖，几斤水果光跑腿费就不便宜。母亲夜里要起来五六次，长命要次次陪着，有时彻夜不眠。

……

长命是大孝子，做这一切心甘情愿、毫无怨言。

有一次，长命到房屋后面种点洋芋，独自在家的母亲把手伸向正在煮茶的火塘，袖口着火、手上起了泡竟全然不知。

回到家后，长命捧着母亲受伤的手，难过地放声痛哭起来。

他决定,从此再也不离开母亲半步。

年轻时,长命也出门打过工,也有当上门女婿的机会,因为撂不下自己的父母回到村里,最终成了光棍儿。

"要说这日子也挺好混的,一眨眼咱就50岁了。"长命挠挠头,目光再次望向正在院子里晒太阳的母亲。

看到弟弟太辛苦,2021年初,哥哥百岁和他的妻子余义琴也从镇上搬回老宅,一起侍候母亲。

这对夫妻的日子同样过得不易。十年前,百岁的大儿子在上海崇明岛当了上门女婿。婚礼的操持全部由女方负责,百岁和余义琴去参加儿子的婚礼,却有说不出的感觉。

"爸爸妈妈,儿子不孝顺,在外面养活别人家的父母。"婚礼完毕后送父母回安康时,大儿子抱着百岁和余义琴自责地说。

"以后不许说这样的话,谁的爸妈都是爸妈!"余义琴安慰大儿子。

"将来有了孩子也是随孩子的妈妈姓陈!"大儿子说。

"姓啥不重要,都是咱王家的血脉!"听到父亲嘴里说出这话,大儿子终于宽慰地笑笑。

此后,每逢重大年节,大儿子总会给父母寄来一些钱,多则一两千,少则几百元,有时儿媳知道,更多时候是偷偷寄来的。

百岁的二儿子在火车上当售货员,一个月有3000元左右的收入。2020年，二儿子谈了多年的女朋友提出结婚。在农村，女方不争论也得有10万元左右的彩礼，给得少就是瞧不起人。

10万元，对于百岁和月薪只有3000元的二儿子来说，那是天文数字。女方父母也提出可以当上门女婿，这样就不用备彩礼。百岁的二儿子说："我哥当上门女婿就够了，我们王家不能成为上门女婿生产线。"

通情达理的二儿媳向自己的母亲借了两万元，远在上海的大哥背着媳妇寄给弟弟17000元，让这对有情人终成眷属。

婚礼结束后，弟弟给资助自己的大哥发了一条微信："哥哥，下辈子咱们还做兄弟！"

二儿媳怀孕了，余义琴为即将迎来的孙子做着准备。春天，她在茶山里采了四天茶，锄了两天草，得到620元工钱。这些钱，她一分也没舍得花，等待小孙子出生时，阔气地包个大红包。

"本来还能多挣些钱，我这身体不得劲！"58岁的余义琴有严重的类风湿关节炎，两条胳膊上因做治疗留下几十个伤疤，最严重时，连筷子也拿不动。夜里，两个肩膀时常发疼，她只能平卧着睡觉。

"你看我这件衣服，穿了九个夏季，脏了晚上洗洗，第二天接着穿。"余义琴说自己已经忘记上次买夏装的时间，"山里人，穿得再好给谁看？"

自从年初和丈夫回到老家照顾婆婆，两代四口人的饭都由余义琴掌勺，这个家也多了不少生活气息。在她心里，弟弟是老实人、穷苦人，也是让人敬重的男人。

一抹夕阳的余晖射来，山顶呈现暖暖的色彩。远远望去，此时的长命、百岁家显得宁静而温暖。

岁月静好

53岁的余长芳，体重不到100斤，黑瘦黑瘦，当她身背100多斤猪草行进在山路上时，像一团滚动的草球。别看她上学少，她的话很有道理："哪有什么穷命，都是因为害了懒病。"这也是她对自己前半生的归纳。

20年前，因超生第三胎女儿，她家屋顶的瓦被人掀了，她说："错就是错了，拆房我也认！"认完错，一不做，二不休，躲到外省又生了一个儿子出来。

20年后，因为贫困，只花了1万元便在镇上移民搬迁安置点分得100平方米的楼房，拿到钥匙那天，她哭着说："共产党比父母还宽容！"

……

她的一天是从凌晨 5 点开始的，尽管患有高血压、心脏病和脑血管疾病。

她还养了八头能繁母猪，早起是为了打扫猪圈、防疫治病、打拾猪草，这得在早上 8 点前完成。接下来的时间，她可以在就近的工地、茶园务上半天工，能挣 60 元左右。

"表哥，再有活儿时，你吱个声，我和你搭配，你看上我不？"余长芳老公罗显勤的表哥刚在村里干完零活，进屋讨水喝，余长芳不失时机地开起玩笑。

"不行！担心你家老罗吃醋。"表哥不接话茬。

"老太婆了，陈醋都没得了！"玩笑间，余长芳真心争取每一个挣钱的机会。

这样起早贪黑的日子，余长芳已经过了五年，她自嘲，这么拼命干是为了赎罪："咱们已经违反计划生育政策生了四个孩子，如果不把娃们培养好，那就真给国家添负担。"

她家走出三名大学生，这在小山村是少有的，余长芳觉得很有面子。

而她自己只上过小学一年级，但她要强，对着电视认全了几乎所有常用的汉字："除了英语不懂，汉字难不住咱。"

20 岁嫁给蒋家坪的罗显勤，到 1998 年，生了三个女儿，余长芳成为计生工作队的重点关注对象，常年东躲西藏，躲手术、躲罚款。

一家五口人躲在河北打工，工厂里有太多相同境遇的妇女，大家自嘲那里为超生游击部落。

有一天，老家传来口信：不知何故，她家的房瓦少了几块。

怕什么，来什么。此时，余长芳再次怀孕，数月后生下男娃。儿子出生两个月后，余长芳领着一家人回到村上。她做好了接受处罚的心理准备。

离开三年，本来就陈旧的土坯房因瓦片的缺失，几乎坍塌。铲掉院中杂草，搭起塑料棚，一家六口人的日子重新开始。

余长芳记得，回到村上的第一个晚上，丈夫罗显勤就急匆匆地跑上山，摘了一些茶叶回来，草草炒制后，在院子里的柴火上架锅煮茶。顿时，茶香在破败的小院里四溢，那种香是沁人心脾的，更是久违的。

余长芳和罗显勤在喝茶时定下了生活的调子："错了就是错了，承担所有责任，不自怨不怨人，从头开始。"

家乡的茶，不仅可以解乏，更能解忧。那种浓郁的香，离开愈久思念愈盛。

20年前的蒋家坪，刚刚越过温饱线，余长芳一家白手起家，注定要吃大苦，眼看着超生的罚款好不容易缴清了，孩子们的学费又凑不齐。

大女儿罗艳学习成绩特别优异，上高中时，报名费800元，家里只有400元，这一年，妹妹罗菲也要小升初。

余长芳带着罗艳去报名，因学费不够，没报成。班主任老师让她们回去再想想办法。

从镇上走回村里，20里的山路，娘儿俩没有说一句话。一个因没给孩子攒够学费自责，另一个因为自己上学给母亲出了难题自责。

"妈，我再去给班主任说说情，能欠费我就上，不能欠费我就回来不念了！"第二天一早，懂事的罗艳想再做一次努力。

那一天，余长芳心慌得没有干成活儿，她最担心听到女儿那熟悉的声音，那样意味着娃上学的事黄了，女儿的一生有可能重复自己的生活。

天黑了，女儿没有回来。余长芳长长舒了一口气。

事后她知道，是班主任王德超老师替罗艳垫了400元。一个多月后，余长芳将刚收的80斤芝麻卖掉，给王老师还清了钱。

2008年，罗艳以超过一本分数线26分的成绩，考上西安的一所大学。收到录取通知书后，陆续有村里人吵吵着让请客。余长芳答应了，没想到来了整整六桌客。

余长芳不敢相信，短短几年时间，村里人对她家的态度会有如此大的变化。当年，娃们到别家去看电视，人家"嘭"的一下把电视关了。丈夫去别家借锄头，走了几家又打空手回来。其实，是村里人对他们能下苦、与人为善看在眼里，慢慢从心里接纳了他们。

山里人厚道，当年那种不让看电视、不借锄头的事，一半是因为余长芳嘴不饶人，一半是因为当时的环境，他们超生，常年不着家，自然跟他们走得远。

以这次升学宴为转折，日子越过越顺，娃们也个个争气。有了罗艳做样子，两个妹妹学习用功，相继考上大学。这让余长芳感到积了几十年的一股气，从肚子里一下子排了出去，似乎这山、这村，由灰白变成满山绿荫了。

都说贫穷限制人的想象力，但贫穷永远不可能限制人的向往。再苦的人，有了好的愿望，都不怕吃苦、不怕失败。

2012年，余长芳借钱买回120只羊。然而40多只羊吃了打过农药的草死了。余长芳急得大病一场，她认为那是对方有意为之，便给罗艳发短信。女儿把刚上班领到的1万元工资赶紧打过来，宽慰母亲，补了窟窿。

2016年，脱贫攻坚开始，余长芳家被认定为贫困户。她借了5万元贴息贷款，开始养殖母猪。

为节省养殖成本，余长芳经常上山打猪草，一天省10斤玉米，一个月就能省300斤，那可是300元。余长芳尽量不让罗显勤参与养猪的事，好让他腾出手来开三轮，跑运输。

本钱不多，余长芳就用回本最快的方法，她只卖猪崽，不育肥猪。前两年赶上猪价上涨，最好的年份，光卖猪崽一年纯收入六七万元。

2017年，罗艳出嫁。眼看着她家有了大转机，大伙儿再次吵吵着要喝喜酒，大办一下。余长芳却推了，说："村里提倡新民风，按政策来，一切从简。"

这位当年政策的违反者，现在变成了执行政策的带头人。

2018年，余长芳家在老县镇锦屏社区分得一套100平方米的安置房。

拿到新房钥匙的那天，余长芳喜极而泣。据说，交给她钥匙的人，正是当年揭除她家房上瓦片的人。

此时，余长芳对自己少不更事感到愧疚："要是让我一句话说党的好，那就是共产党比父母还宽容！"

梦醒时刻

平时，余治文是从来不喝热茶的。

嫁给寇清新后，余治文的确改变了很多。过去从不喝茶的她，也开始慢慢有了茶瘾。茶越喝越浓，直至现在的半杯茶半杯水，哪天不喝就觉得嘴里没味儿。

陕南人喜欢喝热茶，稍微凉一点，都会再添热水，或者干脆倒掉重新换热茶，仿佛水温不够就会失了茶的香气。

但余治文偏偏喜欢把茶叶泡好后放到冰箱里冰镇一下，她觉得，这样喝特别解渴，还能刮油。

刮油成了现在很多年轻人喝茶的目的之一，日子好了，顿顿能吃肉，反而需要喝点儿茶来解解腻。过去，饭都吃不饱，没有人是为了刮油才喝茶的。

那时候，村里的光棍儿多，寇清新家里穷，从懂事起，最怕的就是讨不到媳妇打光棍儿，早早树立了"先下手为强"的婚姻观。所以，还没到法定婚龄，就急着向村里适龄女青年提亲，屡战屡败，屡败屡战。

预谋加机缘，寇清新认识了余治文。电话、QQ断断续续联系一年，顺利"脱单"。

提亲前，不少人吹来耳旁风，说这家人脾气都暴，尤其是余治文，性子太烈。寇清新并不以为然，能娶到这么漂亮的媳妇，脾气暴点儿算什么。

为了能风光地结个婚，寇清新打肿脸充胖子，贷款去拍了当时很多人不舍得拍的婚纱照，虽然婚房里只有一张临时用木板搭的双人床，他还是竭尽所能给两个人创造出最好的回忆。

婚后，余治文的温柔与暴烈，都在寇清新面前显露无遗。

"一想到你我就……空恨别梦久……"寇清新的来电铃声，每天要响起无数次，其中几通一定是妻子余治文打的。结婚11年，他们依旧保持着随时通话的习惯。

这习惯，是他们恩爱的证据，也算是寇清新之前的"职业后遗症"。当村干部之前，寇清新一直开大车拉货。余治文在家忍不住操心老公的安全，寇清新也害怕开长途车的寂寞和困意，两个人办了亲情号，不用担心话费，经常在开车时保持通话状态。

开大车苦，有时凌晨三四点就要出门去拉沙子，有时晚上十点多才能回家。作息不规律，三餐更是不能保障。很多时候，寇清新一整天只能匆忙在路边扒拉一碗面，晚上回家后，余治文会竭尽全力做一顿像样的晚餐，让老公能吃顿真正的饭。

那时候，寇清新晚上经常说梦话。余治文每次半夜被吵醒，先是扑哧一笑，闭上眼却满是心疼。

开车辛苦，但来钱也快。靠着起早贪黑地跑车，寇清新在老县镇买下地基，盖起三层小楼，还买了家用轿车。

小家的日子过好了，村上、镇上就派人做工作，让他回村当干部。起初，余治文是犹豫的。自己的父亲当了一辈子村干部，余治文太清楚这当中的苦。

农村复杂，即便一碗水端得平平，还是会有人背后说闲话，难落好。但岳父却非常支持女婿回村工作，"谁都知道村干部难当，推来推去，这事谁干呢？是男人就回去好好干。"

寇清新回到村上，虽然赚得比以前少了，但余治文却感到前所未有的心安。以前只要电话打不通，她心慌得像猫抓一样，禁不住想是不是开车出事了。

寇清新成天扎在村上的各种事务里，就是电话打不通余治文也不会担心，知道不是在开会就是不方便接电话，心是安的。

之前，每天给老公一人做一顿丰盛的晚餐。疫情防控期间，余治文这个村支书夫人，又主动负责起蒋家坪村委会所有人员的饭。

大家觉得不好意思，她说反正自己也要吃饭，顺手就给大伙儿做了，人多吃饭香，多做点儿饭，还能吃到锅巴。

结婚11年，最让余治文难以释怀的是寇清新吵到气头上时的一句"你从小就是个没人要的女娃"。对于吵架永远不服软的余治文来说，这句话的杀伤力足以让她瞬间溃不成军。

那一次，余治文哭着把结婚证撕得粉碎，说什么都要离婚。正是因为了解，寇清新才会在最生气时，拣着最能刺痛她的话去说，但冷静下来，又后悔自己说话太过分，仔细地把结婚证粘好求原谅，才度过这场离婚危机。

童年，是余治文不愿言说的伤。在山里的多女户中，和她有相同境遇的女孩不在少数。

在计划生育最吃紧的年代，对于一心想要一儿一女凑成一个"好"的父母来说，二女儿无疑是多余的。想要保留继续生儿子的机会，把二女儿送出去，就成了最便捷可行的办法。

余治文是家中的二女儿，远房亲戚提出要领养她。奶奶不忍心看她被送走，提出由自己来抚养。

没过几年，小叔结婚，家里的女主人便不再是奶奶。从原本的奶奶抚养，一夜之间变成了寄人篱下。婶娘是妈妈的堂妹，既是婶娘，又是姨妈，但余治文没有得到疼爱。

婶娘总说，女娃子生下来就是围着灶门转的，从小让她干各种繁重家务和农活，干不动时，余治文总想往山下父母家跑。但那个家却并不欢迎她的到来，稍微多待一会儿，就会被父母催促"怎么还不回家去"。

可哪里该是自己的家？余治文就在两边嫌弃中成长。

有一次，她害怕一个人去放牛，婶娘就让她把家里的大缸灌满水。水窖离缸很远，瘦小的余治文只能端着塑料盆一趟趟去运水，而这个塑料盆大得她几乎能坐进去洗澡。

不知道是因为力气小，还是塑料盆年久老化，在第 N 次端水时，伴随着胳膊手腕的酸痛和不可控制的抖动，盆子被摔得粉碎。余治文知道自己闯了大祸，婶娘发现后肯定少不了一顿无休止的辱骂。

这个还没上学的孩子，被吓得顾不了收拾现场，更不敢去换掉湿透的衣裳，就立马躲进牛圈，生怕被婶娘找到。臭气熏天的牛圈，让她难以呼吸，却也让她冷静下来，心里知道躲在这里也无济于事，婶娘回来了还是会逮到她，干脆逃回自己的家里去。

余治文不顾一切地跑向山下的家，却老远看见自己的家门紧闭。到了门口才听见院子里一片欢声笑语，原来是爸爸妈妈正在给姐姐和弟弟洗澡。

余治文从来没有听过爸爸妈妈这么温柔耐心的声音，更从未体验过这么幸福的氛围。院子里飘出的香皂味儿是那么浓郁，她觉得自己满身的牛粪味儿与这里是那么格格不入。

她被这份自己从未拥有过的宠溺和快乐给怔住了。她知道，自己以这副模样出现，一定会破坏一门之隔的欢乐时光。早早扬起要敲门的手，收回来抹了一把眼泪。

忘了在门口的台阶上默默哭了多久，终于被开门泼洗澡水的父亲发现，张嘴竟又是一句："你又下来干吗？赶紧回去。"原本积攒了一肚子的委屈，瞬间一个字都说不出口。余治文心里唯一的避风港，却又给她带来更大的风浪。

那天，爸爸妈妈甚至没有让她进门喝口水，她忘了自己是怀着怎样的心情，再一次不得不回到那个拼命想逃离的家。

八岁那年，奶奶终于年老到庇护不了她。余治文的抚养问题终究还是引起了一场家庭会议。只是，叔叔婶婶想要的抚养费，爸爸妈妈并不愿意给。余治文变成了两家都不愿意再收留的"多余"。

也是这场家庭会议，几乎让两家决裂。以致余治文长大后需要从叔叔家迁出户口办身份证，都被拒绝了好几次，直至最后放弃。到现在，叔叔见到已经31岁的余治文都会刻意躲开。

有天凌晨四五点钟，还在熟睡中的余治文突然被婶娘一把掀开被子，要求她立马滚出这个家，甚至连才穿了两天的新布鞋都不许穿走。

天蒙蒙亮，太阳努着劲儿拨开雾霭往山上爬，余治文抹着眼泪、打着赤脚往山下走。她不曾想过，自己会是以这样的方式离开这个本不属于她的家。但她更不知道，山下那个原本属于自己的家，会以何种方式对待无家可归的她。

父母的接纳出于无可选择，但小孩子从来都是直率地表达好恶。姐姐和弟弟永远表现出一副只有他们俩才是亲姐弟的样子，合起伙来排挤她这个半路加入的新成员。

在物质普遍紧缺的年代，多一张吃饭的口，似乎让家里的日子变得更加困难。

揭不开锅时，总要挂起面子去邻居家借粮。借时平平一升子，还时就要"戴帽子"，要不然，反反复复借粮怕磨不开面子。有时候，过年都要看谁家杀猪了，去借一块肉。

上学更是困难。凌晨四点半起床，踩着板凳给自己和弟弟弄点吃的，五点多打着火把，步行两个多小时才能到学校。这样艰苦的求学路一直持续到初二，家里拿不出300多元的学杂费，余治文只能辍学。

文化程度不高，对于余治文来说，始终是道伤疤。在给上小学的儿子辅导作业被难住时，在单位写简单的材料也感觉吃力时，甚至看到高学历的人不禁羡慕时，没文化的遗憾都会让她内心隐隐作痛。

在经历了一整个被嫌弃和排挤的至暗童年后，余治文的性格，从寄人篱下的唯唯诺诺，变得暴戾、孤僻、倔强。仿佛只有给自己披上一层厚厚的盔甲，才能护住那颗渴望爱与尊重，却早已支离破碎的心。

直到婚后，余治文依旧很少回娘家。因为每回一次，这个家伤害她的过往就历历在目。她又何尝不愿意放下那些伤痛，但这世上太多的人穷极一生，也治愈不了童年的伤。

姐姐常年在南京大学城开烧烤店，弟弟在部队，都是几年才能回来一趟。唯一能常回家看看的，只有余治文。

寇清新经常苦口婆心劝说余治文回娘家看看，每一次回去，父亲总喜欢说"手心手背都是肉"，似乎想劝慰余治文忘掉被亏欠的童年，每一次都会惹得余治文炸毛："手心手背永远不一样厚，你把手背的肉捏起来我看看！"

面对这样的场面，也总是寇清新出来解围。如果说余治文是不定期爆发的活火山，那寇清新就是随时待命的灭火器。随着岁月的冲刷，余治文这座活火山，爆发的频率似乎越来越低，但寇清新这个灭火器，却时时不忘用爱软化火山石。

曾经沧海

盛夏，午间的太阳毒辣地照在蒋家坪的角角落落，地表似乎被炙烤得疲乏。这个时段，村里很少能碰见人走动，静得只能听到知了的聒叫。

我们顶着毒辣的太阳，喘着粗气爬上凤凰茶山，看到的却是另一番场面。村里不少人星星点点地撒在茶带间，铁镐一挥一落，翻溅出的土渣、石子便簌簌地落在周围，背上汗湿的面积不断蔓延，有人干脆脱了上衣光着膀子继续干，时不时用挂在脖子上的毛巾抹一把脸上的汗。

上茶山前,我们给陈迪全打电话,他说自己在茶山电线杆下面不远处,上来就能看到。可到了茶山顶上,电线杆倒是看见了,却半天没有搜寻到陈迪全的身影。再次拨通他的电话,凤凰传奇的铃声在不远处响起,一回头发现他不知道从哪儿冒出来,站在茶带间冲我们笑着挥手。

他刚才是从茶带间的大坑里跳出来的,跟陈迪全搭班干活的是一个年龄偏大的老头,见到生人粲然一笑,那仅剩的两颗门牙格外显眼。

陈迪全已年近半百,村里人还是习惯叫他的乳名"鑫娃子"。这样亲昵的叫法,并不是每个中年汉子都能有的待遇。

在蒋家坪村的组长中,陈迪全威信高、口碑好。仁义宽厚的陈迪全,在年轻时差点闯下大祸。

那个年代,山里给不起彩礼,同时有儿有女的家庭流行换亲。陈迪全娶邻村的姑娘,妹妹嫁给新娘的哥哥,同一天成婚。不要彩礼、不收嫁妆,对方唯一的要求就是给新娘买一身新衣服。

可就是这个唯一的要求,也让当年的穷小子陈迪全差点招架不住。去买衣服那天,对方家里来了三四个哥哥姐姐,陈迪全单枪匹马地去应对。

陈迪全原本计划去老县镇稻草街就可以搞定,可新娘子看是到了镇上就拉下脸,东瞅西逛,没有一件能入她的眼,娘家亲友团就撺掇着去安康市里买,陈迪全只好答应。

新娘子在大商场看中一双标价380元的红色皮鞋,惊得陈迪全半天说不出话来,这个价格几乎是他们全家小半年的花销。见陈迪全不表态,新娘撂下话说,要是不买这双皮鞋,这婚她就不结了。

陈迪全觉得这个没过门的媳妇,一点不像踏实过日子的人,心里也满是愤怒,但想想父母已经在张罗他们的婚宴,还是极不情愿地满足了对方的要求。

成亲的日子,两方分别接回新娘子。陈迪全父母高兴得嘴都合不拢,村里人都来吃流水席。

婚后第二天,新娘借口去隔壁村里转转,结果迟迟不归,多方打听后得知,她已在去北京打工的路上。

陈迪全在火车站截住了媳妇,可对方死活都不愿意跟他回家,两人只好硬挤上那列开往北京的绿皮火车。

劝不住媳妇,就跟媳妇一起去打工,陈迪全可不想成为村里人议论的对象,刚结婚媳妇就跑了,这样的面子他丢不起。

晕晕乎乎到了北京,出站补票的金额,把陈迪全吓得一激灵。因为没买票,火车站无法确定是从哪站上的车,统一按照始发站上车给划价补票。

陈迪全恨不得把心掏出来给火车站的工作人员看，证明自己是跟媳妇一起从安康上的车，可再多的解释都没用。补票花了300多元后，他兜里只剩下几十块钱。

出站后，媳妇说她去找在北京打工的表姐先安顿下来，再接陈迪全会合。坐在蛇皮口袋上，陈迪全一直等到天黑，没见媳妇的人影。凭着只言片语的信息，陈迪全找到媳妇所说的地方，因无法出示结婚证，房东说啥也不允许他进门。

陈迪全恨恨地认为这肯定是她先去跟房东说好的，给他演双簧，故意不让他住，存心不想跟他过一天日子。

无奈、无助的陈迪全在桥洞里凑合了一晚，第二天去河北投奔在矿上打工的老表。

新婚的妻子跑了，村里是回不去了。陈迪全这才反应过来，对方压根儿就是想骗婚。几个月后他从对方家接回妹妹，这桩换亲算是彻底完结，可陈迪全怎么想都替妹妹觉得亏。

这事后，一生要强的父亲，像是受到了刺激，时而清醒、时而糊涂，隔三岔五地跑得不见踪影。陈迪全意识到，这场赔得底朝天的换亲，不光把全家人在村里的颜面摔得稀碎，还让父亲这个顶梁柱再也挑不起任何担子。

陈迪全选择外出打工，想要担起家里的生计。当他带着辛苦大半年攒下的钱回家过年时，才知道父亲已经走失几个月，家里人把该找的地方都找过了,还报了警,村里人也都帮着找,可父亲再也没回来过。

他总盼着有一天父亲又能像往常一样,坐在家门口的板凳上抽着旱烟喝着罐罐茶。过年时一家人围着火盆"打广子"、喝苞谷烧……可再多的牵挂,也没盼回父亲。

最初几年,陈迪全总惦念着,父亲流浪在外,不知道能不能吃饱穿暖,有一个温暖的被窝。时间久了,便只剩活不见人、死不见尸的叹息。至今,都没有一座坟茔能奠祭父亲,是陈迪全最大的遗憾。

思念每多一分,对那个结婚第二天跑了的媳妇就更恨一分。年年蹲守那个落跑新娘,可年年扑空,陈迪全只能年复一年地过着手握结婚证的光棍儿生活。

几年后的一天,陈迪全收到了起诉离婚的传票。那一刻,这些年心头积攒的所有恨意通通涌上来,集聚成巨大的冲动直蹿脑门。

出庭那天,他特意在自己粗粗的裤管里绑了一把刀。他无法冷静、理智地面对这份恶人先告状的委屈,也无法放下这场"一日婚姻"对自己家的致命打击,打算跟这个落跑新娘同归于尽、一了百了。

对方自知理亏,庭审一结束就哆哆嗦嗦,在几个哥哥的护送下上了新任未婚夫的车。

陪着陈迪全一起出庭的表哥,也在陈迪全坐下时束起的裤管下瞥见了那把刀,走出法庭,就赶紧跑上来抱住他,劝他为了老娘和妹妹不要做下傻事。陈迪全把手上的离婚证撕得粉碎,一把甩进风里。

几年后,陈迪全再次娶妻,生了一儿一女,一家四口住进了镇上锦屏社区的安置楼。母亲和岳母都不习惯住楼房,非要守着山里的老院子。

既然两个妈都是孤身一人,又都想住在山里,干脆就让她们相互做个伴,陈迪全把岳母也接到了自家的老宅里。可两个老太太时不时会因为一些鸡毛蒜皮的小事擦出火花,陈迪全两口子只好时常回来分别给自己妈灭火。

这样的养老模式,在村里并不多见,却不失为这个小家最合理的方式。

顶着太阳聊了很久后,茶山滴灌项目的工程老板带着助理过来视察进度,指着脚下的土堆冲陈迪全安顿道:"把管子埋好以后,周围这些坟堆也要给人家收拾利索。"

就在这时,凤凰传奇的铃声又在陈迪全身后树上挂着的塑料袋里响起,他赶忙接起,电话里传来村支书寇清新的声音,让他通知山上干活的工人都来村卫生室接种新冠疫苗。

挂了电话，陈迪全抱怨了一声："活儿都干不完哟。"但他还是朝着干活的村民喊了一嗓子："寇书记喊大家去打疫苗咯！"

再一看午饭时间已到，他就又喊一声："吃完饭尽快回来干活。"不一会儿工夫，撒在茶带间的汉子们纷纷下山，山顶上便只剩陈迪全、工程老板。

老板一会儿指着挖好的坑强调验收标准，一会儿看着空地上的管道说要抓紧工期，陈迪全则尽力向老板解释实际操作的困难。

正午，太阳愈发毒辣，茶山上热火朝天的场面暂时散去，茶带间徒留陈迪全按照老板的要求做着标记，盘算着午休后的活儿该怎么安排。

第五章

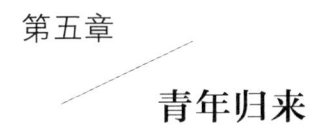

青年归来

青年中蕴含着变革社会的巨大能量,这是自然规律。

现在,青年外出、老人种地是一个普遍现象,也是当下农村人口自然形成的分工。蒋家坪也不例外,但跟其他地方不一样的是,蒋家坪以茶为主。另一个不太一样的地方是,这几年回到蒋家坪的年轻人越来越多,有的弄茶,有的还弄出与这茶叶、这山水相关的新鲜事。

"永远"返乡

冲着振兴乡村，越来越多的年轻人回到蒋家坪。

"小时候总嫌弃故乡苍老破旧，可故乡从未嫌弃我年幼无知；长大后总埋怨故乡离得太远，可故乡从未埋怨我迟迟不归；我把我的骄横无理留给了故乡，谦卑有礼送给了远方；可远方并没有温柔待我，故乡却从未离我而去。"在网上看到这段话时，罗永远感觉自己的心被狠狠地戳了一下。

2021年7月底，罗永远三个女儿的户口，从山东临沂市迁到了蒋家坪村。这个逆潮流的反向操作，让很多人不理解，但却是罗永远和爱人孙康反复思量之后的慎重抉择。

从2020年5月只身回村接手平安居农家乐，到决定把整个家都搬回来，罗永远用了一年时间。

身穿文艺风棉麻上衣，脚蹬椰子鞋，蓄着山羊胡，高高地顶着一头爆炸卷发，时不时吸一口脖子上挂着的果绿色电子烟，朝空中吐着烟圈。虽然是土生土长的山里娃，但罗永远身上的

"90后"特征和艺术范儿,让他像是蒋家坪这幅泼墨山水画里的山外来客一样,叫人忍不住多打量几眼。

很多平安居的顾客,进到院里喊老板,看见不知从哪个房间里窜出的罗永远,都是一副错愕的表情,几句地道的安康方言从罗永远嘴里说出,对方才反应过来:"你是罗延会小儿子吧?"

比起"罗延会小儿子"这个外界认知,罗永远显然对"蒋家坪—永远哥"这个自创ID的经营更上心。为做好这个抖音号,他还专门买了一台无人机和直播架。

一年多时间里,发了100多个作品,积累上千个粉丝,收获近万个赞和上千万的浏览量。最近,罗永远又开始尝试找专业团队来做直播。手机成了新农具,直播是新农活。

绿染茶山,峰峦叠翠,看茶烟袅袅,见嫩绿碧汤,蒋家坪在罗永远的航拍镜头下分外地美。过年熏腊肉,村上发鸡苗,村里人夏收打油菜,平安宫庙会,村民上山采茶,茶场炒茶,浓浓的乡村烟火气常被罗永远的抖音短视频记录和展示着。

点进他的主页看到账号简介,才明白"蒋家坪—永远哥"这么用心记录蒋家坪的美,也是为了能给自家生意引流。

尽管罗永远的童年过得比村里绝大多数孩子都幸福,但对山外那个未知的世界,他还是充满无限的憧憬和想象。在过去20多年的生命体验中,罗永远一直在努力地向远方靠近,向城市的

第五章　青年归来

生活方式靠近。

技校毕业留校当老师，去南方做流水线工人，跟着哥哥罗永康踏入演艺圈，从群众演员做起，混到演员副导演，再到后来在山东结婚有了三个女儿，开起健身房和蛋糕房……罗永远享受着城市的繁华便利，却总是一遇不顺就想起自己那个大山里的老家。

是啊，大山深处的老家给了罗永远一个无比快乐的童年。夏收的季节，父亲罗延会背着柴油机一家一户地上门去加工米面油，罗永远像爸爸的小尾巴一样，带着一种帮大人做事的骄傲，跟在后面拿着柴油机的手摇把或是皮带。

爸爸忙着干活，罗永远就跟"东家"的孩子玩，玩累了就倒头睡在秸秆堆上。到饭点儿，谁家的饭好就在谁家吃，每天在全村巡回"逛吃"的幸福让他至今难忘。

吃百家饭长大，让罗永远对"你家的""我家的"没有太清楚的界限和概念。以致再长大一点，家里开起"平安商店"，罗永远觉得泡泡糖好吃又好玩，就从柜台拿一大桶大大泡泡糖，分给每个小朋友一块，结果换来父母的一顿"混合双打"。

从小看父母经商，耳濡目染下，罗永远的商业思维似乎比同龄人开化得早一些。小学三年级时，在四伯的供销社里看到有人来卖啤酒瓶，罗永远打开了赚零花钱的新思路。

那时候，山里人爱喝酒，几乎家家户户的房前屋后都能找到被扔掉的空酒瓶。罗永远开始自己一个人在家附近捡，后来就带着小伙伴们漫山遍野"掘地三尺"地翻找。

有防爆厚底儿的啤酒瓶两毛钱一个，没有厚底儿的一毛钱一个，卖得多了，罗永远成了小伙伴中间的"鉴瓶行家"。终于攒够了一蛇皮口袋，小小的罗永远发现自己根本背不动，况且从自家到四伯的供销社，足足有5公里山路。于是，他又用"分成"的方式招揽几个小伙伴一起分着背去卖。那个暑假，罗永远赚了8块钱。

至今，他还记得很清楚，自己用第一桶金，当即买了一块已经馋了好久的冻肉，剩下的4块钱给自己买了一条新裤子，结果这条裤子在格外顽皮好动的他拉扯下，一个礼拜裤裆就脱了线。

初中毕业没考上高中，罗永远再次用经商头脑帮自己赚回了学费。西安技校的招生老师问他有没有同学一起报名，他就跟老师谈判，用帮忙招揽四个同学作为条件，来免除自己的学费。

从技校数控机床专业毕业后，学校安排他去东莞的工厂上班，罗永远成了给游戏机手柄拧螺丝的流水线工人。穿着无比坚硬的防静电鞋一站12小时，这样的苦他是第一次吃，第一天站下来，罗永远就感觉自己的脚几乎要废了。

他学着有经验的工友，买女生用的卫生巾垫到鞋子里，这样硬着头皮撑到了第一次发工资的日子，拿到 2700 元立马就收拾行李溜了。

带着自己的第一笔工资，罗永远跑去北京看了"鸟巢""水立方"，之后决定回西安找学校帮忙换个工作。

这一次，罗永远被安排到苏州工厂，在显微镜下焊接特别细的电线。已经辞过一次职，他打算好好珍惜这次争取来的机会，因为表现好，很快就调整到质检岗，相比第一份站着拧螺丝的工作，劳动强度小了许多。

每天下了工，工人们就聚在集体宿舍里打牌。上学时，罗永远也曾热衷逃课去山上烧火烤红薯，等待红薯熟的时候，也会跟同学玩扑克，但这样的生活变成常态后，罗永远却感到了无生趣。

一个下雨天，他不愿窝在宿舍里被打牌的声音打扰，百无聊赖地去路边溜达，偶遇一个平时没怎么说过话的工友叫他一起去喝酒。不会喝酒的罗永远，专门给自己买了一块糕点，被工友劝着抿了一口酒。那个也才 20 来岁的工友，喝着二锅头，就着花生米，无比满足地看着他说："咱能看着江南雨景喝点小酒，人生真好。"

这句话，让罗永远嘴里吃着的糕点瞬间变成不甜不咸的，一股怪味儿，18岁的罗永远第一次开始思考，人生的美好难道就是这般乏味吗？那一夜他几乎彻夜未眠。

第二天，他拿着甚至连车费都不够的半个月工资，仓皇逃离工厂，逃离那个他不喜欢的生活轨迹。

这一次，他投奔了自己在重庆做演员副导演的哥哥罗永康，从剧组里最底层的群众演员做起，慢慢也成为带着一帮小弟独当一面的演员副导演。

2012年10月，莫言成为首位中国籍诺贝尔文学奖获得者。罗永远在心里想，什么时候能参与一次莫言作品的拍摄，这辈子就值了。

第二年，电视剧《红高粱》开始筹备，罗永远还真的如愿以偿进组做了演员副导演。这部剧不光成就了他逐梦演艺圈的高光时刻，更改变了他此后的人生轨迹。

在为剧中女主角九儿的女儿琪官选角时，罗永远认识了琪官扮演者的单亲妈妈孙康，两年后，他们相爱并组成了家庭。

一个未婚小伙儿，为什么非要选择比自己大五岁，还离异带着孩子的女人？这事，在罗家引起不小的震动。

婚后，罗永远告别演艺圈，在临沂安顿下来。三年又添俩闺女的节奏，彻底打乱了两个年轻人的脚步，孙康不顾家人反对，辞去警察这个正式工作，当起全职妈妈。这个刚刚组建不久的小家庭，一度到了靠刷信用卡度日的地步。

2020年4月27日，罗永远被父亲罗延会叫回了蒋家坪。一是为即将到来的"五一"黄金周帮忙；二是想让儿子回来看看，以现在蒋家坪的人流量，在屋里赚钱容易还是在外面赚钱容易。在罗延会的意识里，儿子反正迟早要回来，迟回来不如早回来。

原本只是想给家里帮帮忙的罗永远，在平安居跟班体验了半个多月，就决定回来彻底接手。父亲每天早上5点多起床骑摩托下山去采购，让他于心不忍；有人打电话订饭，父亲总搞不清楚谁订的哪个包间……显然，父亲年龄大了，这活儿他拿不下。

当然，最现实的原因还是平安居收入可观，远比他在临沂赚钱容易。

5月20日，罗永远回到山东，把健身房和蛋糕房都转让出去，安抚好岳父岳母、孙康和三个女儿的情绪，打包好自己的大部分行李，与他之前一直努力追寻的城市生活告别，独自回到蒋家坪。

成为平安居"少东家"的一年多来，罗永远从160斤瘦到了140斤。一个原因：忙、累。

为买菜方便，他花 28000 元买了辆二手黑色铃木，他亲切地称之为"小黑"。

这一天，罗永远先是到三桥农贸市场附近物色新的集成灶，和卖家商量好第二天的安装事宜以及后续供乙醇的价格，然后又去城东农贸综合市场买菜。一进市场，"小黑"的优越性就显现出来，小身板灵活地穿梭在拥挤繁忙的批发摊之间。

新鲜上市的洋火姜、顶花带刺的大黄瓜、还带着露水的深紫色长茄子……罗永远熟练地在各个卖菜档口间进进出出，不一会儿就码了一整个后备厢的菜。

想到连着几天的暴雨，压垮了院子里的雨棚，罗永远又一路驰骋，钻进了安运司批发市场，直奔他固定采购的店铺买新雨棚。老板在库房翻找的时候，他抽空去旁边店铺买齐了新垃圾桶、一次性水杯和给客房备的大桶纯净水。

这样的采买，罗永远几乎每天都要经历一趟。偶尔，他还会在安康给家人和店里的服务员带几份蒸面或是现捞卤煮回去，让大家解馋。

除去采买，他几乎一整天都在平安居的院子里脚步匆匆，后厨帮忙、包间上菜、吧台结账都有他的身影，有时服务员下班，他还要开着"小黑"去送一程。客房的马桶漏水、下雨天木门返潮调整门闩等，平安居有他干不完的琐事。

第五章 青年归来

虽然每天都在忙碌中度过，但罗永远却感到从未有过的充实。房前屋后皆是自然美景，日日能见现金流的日子，让他越来越心安。当他劝孙康也带着孩子一起回来时，从小在大城市长大的孙康，内心的第一反应是抵触。

2021年5月，孙康从山东赶到安康，帮孩子们考察学校，说服她的完全不是安康高新区的学校勉强能和孩子们所在的山东名校相比较，而是小自己五岁的老公身上出现了一种她之前从未见过的积极状态。

孙康意识到，那种强烈的归属感和主人翁意识，是城市生活再怎样繁华便利都无法给罗永远的。而她竟然也越来越享受山上这种"不负青山绿映帘，推窗竹音绕金山"的感觉。

5月的山上，雨水格外多，雨天上山路难走，来看茶山的游客就少了，来平安居吃饭的人就更少了，罗永远终于有时间把自己想了很久的事情给干了。

每次看到父母屋里杂乱繁多的老物件，罗永远总是忍不住从心底冒出一阵烦躁。在大城市生活了几年，他内心也开始崇尚断舍离等生活理念，对父母什么都舍不得扔的老观念几乎到了忍无可忍的地步。

虽然他给父母说了无数次，但根本没有人遵循他的新理念，这一天，他决定自己动手处理。打开父母那个"包罗万物"的大衣柜，一股脑儿地堆到床上分类整理，几乎用了一整天的时间，罗永远终于结束了这项大工程。

父母卧室门口，堆出齐腰高的"旧衣服山"。显然，妈妈袁守云的衣服占了绝大多数，袁守云随手掏出一件，都能说上来是哪一年在哪买的，根本没穿几次，就因为不断发福的身材而不得不束之高阁。

服务员们笑着揶揄老板娘袁守云："造孽哦，这么多衣服还新新的就穿不了了。"

袁守云也笑着说："你们要是不嫌弃，挑挑你们能穿的就拿走。"服务员每人挑了几件拿回家去。

罗延会回来看到这幅场景，忍不住嘟囔了几句，最后还是决定把这些根本算不上旧的衣服送去村上的集中安置点，给有需要的人。

那辆天天陪着罗永远下山买菜的"小黑"，空间本身就不算大，塞了又塞，总算是满满地拉了一整车。在安置点，衣服很快就被大家分完了。

2021年10月，罗永远参加安康市新型农业经营主体带头人产业直播电商人才培训班，教材上大大地写着"乡村振兴带头人"。

罗永远在朋友圈发出："学习中……"

小芳家事

住进自家在村道边新盖的三层小楼；老公周清德被聘到村里的公益岗，还时不时就能在家门口找到活儿干；大女儿周丽嫁到武汉站稳了脚跟，疫情期间还回家里办起了农家乐；二女儿周芳大学毕业后，顺利地在西安高新区找到了工作，一个月能赚五六千，还交到了男朋友；最小的双胞胎女儿周玲和周萍也双双考上了大学，还都有助学金……

寇玉兰感觉，自家的生活终于松快了。在家里开起农家乐后，供两个女儿念大学，也不再是多么煎熬的事。

"小芳农家乐"五个绿色大字，就竖在去茶山的路边上，总是遥遥地就能看到，这是村里为了鼓励大家开农家乐，给免费做的牌子。

路过这里时，很难不被这个里里外外都透着干净的小院所吸引。

说是小院，其实周家的房子跟蒋家坪大多数农户一样，沿路而建，并没有自家的围墙。盆栽绿植顺路沿摆成一排，给高出路面的门台勾了个边，围出一道绿色边界。

雪白的墙上，挂着一个别致的定制门牌，圆形木框中间刻着"周家"二字，下面用晒干的玉米、红薯、香菇、豆角做装饰。门牌下，总卧着一只雪白的萨摩耶，见到要进家的客人，还会站起来摇摇尾巴。

不大的门台上，立着一把大遮阳伞，下面摆着一张小桌子和两把红漆椅子。寇玉兰常坐在这里择菜，或是跟邻居喝茶聊天。

近些年，专程来蒋家坪打卡旅游的人越来越多。村里决定发展茶旅融合，动员大家开农家乐。周家成了第一个发展对象，因为做餐饮卫生至上，而周家的干净，在全村都数一数二。

2020年，武汉新冠疫情正严重。所幸，平时在武汉上班的周丽赶在封城前回了家。怕给村里人造成恐慌，周丽憋在家里个把月都没敢出门，也一直没敢回武汉去复工。

所以村上一动员，周丽很爽快地应承下来。她想，反正在家待着也是待着，新房子也有摆几张桌子的条件，政策又支持，刚好能弥补自己没有回武汉工作的经济损失。2020年4月28日，农家乐就开了起来。

虽然当时周芳已经去西安找工作了，但一家人还都觉得叫"小芳农家乐"最有意义，因为"村里有个姑娘叫小芳"的歌早就深入人心，这名字看着就让人有亲切感。

周丽两口子忙前忙后张罗起来的农家乐，却叫了"小芳农家乐"。从小到大，周丽作为老大，永远都不争不抢，妹妹们有的东西她都没有过，但她从未抱怨过一句。

越懂事的孩子，越让人心疼。懂事，是父母对孩子的亏欠。所以，对于周丽，寇玉兰始终觉得亏欠。

当年为了躲计划生育，他们把周丽放到奶奶家，带着周芳一走就是几年。周丽的童年，父母几乎是完全缺席的。等到他们打工回来，却带回了三个妹妹。

就因为那年的工资打迟了，没给周丽交上160元的学费，让周丽早早就离开了校园。寇玉兰知道，周丽虽然嘴上不说，但心里一直为没能念到书遗憾，没有文凭也一直限制着周丽的发展。

即使这样，周丽永远想着孝敬父母，帮衬妹妹。自她17岁打工后，寇玉兰和周清德再没有给自己买过衣服，全是周丽买好寄回家。

就在"小芳农家乐"开业不久，有客人来吃饭时，看到墙上的全家福，聊起小芳正要毕业找工作，当下就留了联系方式，让来他的公司试试。后来，周芳真的顺利入职了这家公司，拿到了同学们都羡慕的薪资。

之后，又有一个老板来吃饭，上演了同样的一幕，询问家里孩子们的状况，恰巧这位老板的公司和三女儿周玲的学校都在汉中，就互留了联系方式，说今后有什么困难都可以找他帮忙，毕业了也可以来他的公司上班。

农家乐步入正轨后,周丽两口子就回武汉了。寇玉兰成了"小芳农家乐"的光杆司令。老公周清德有点耳背,也不爱说话,显然不是合适的帮手,况且地里和村上的活儿就够他忙活了。

实在忙不过来时,寇玉兰会叫住在隔壁的嫂子来帮忙上菜。假期里,回家的女儿也能帮帮忙。大多时候,寇玉兰都是自己一个人撑起一片天。

接待客人多少,完全由自己今天能做出多少人的饭来决定。客人能吃到什么菜,也由今天家里有什么现成食材来决定。有时,客人都进屋了,寇玉兰觉得超出了自己的接待能力,也会婉言谢客,有客人笑称是"饥饿营销"。

对于食材,寇玉兰也有自己的坚持,基本都是就地取材,很少去集镇上买菜。门口下个坡,就是自家的菜地。地里种着各色蔬菜,圈着几十只鸡的鸡栏、猪圈,还有种着莲藕的池塘,甚至是路边的桑树,都是农家乐食材的来源。

油用自家榨的菜籽油,酒也是自家吊的"苞谷烧",就连制作工艺繁杂的魔芋豆腐,原材料她都坚持自己种自己磨。因为她总觉得外面卖的加了什么不好的东西,口感不如自己做的好。

当年为躲避计划生育外出打工,再次回到村里,寇玉兰一家的生活是从负债开始的。

回到山里，只要有地，就有奔头。自己烧瓦重新盖房，跟罗延会以一分的利贷了4000块钱，缴清罚款。周清德扎在山里，没黑没白地干。寇玉兰白天顶着太阳上山采茶，晚上借着月光洗一家老小的衣服。

寇玉兰忘了那些年自己到底是怎么咬牙挺过来的，只记得就这儿挖抓那儿挖抓，总觉得苦日子一定是能熬出头的。孩子们慢慢长大，越来越懂事，她才感觉自己重新活过来了。

2020年，老三周玲以超二本分数线50多分的成绩，报了离家比较近的陕西理工大学。大小假期，她都赶着回来给妈妈帮忙。那年"五一"，周玲回家四天，就在农家乐忙了四天。周芳没能回家，过意不去，在微信群里给妹妹发了500元红包奖励。

周玲随了爸爸，茶瘾大，一天要喝三道茶。上学走时，她忘啥都不会忘了要带茶叶。

老四周萍体育一直好，原本给自己规划的人生道路非常清晰，就是考上西安体育学院的体育教育专业，毕业了当个体育老师。但遗憾的是，现实没有能按她的设想往前走。

提前批滑档后，周萍又难过又心慌，一心想着既然已经没有上到心仪的学校，干脆挑个学费便宜的。她把新疆的学校填到了第一志愿，因为她在网上查到在新疆上大学补助多，能给家里减轻负担。

填完后告诉妈妈,妈妈却说:"你的心怎么这么狠,怎么舍得去那么远的地方?"为这话,周萍三天都没睡着,后悔打败了之前所有的纠结。她甚至想,如果录到第一志愿,就再补习一年。

幸运的是,周萍并没有像全家担心的那样被新疆的学校录取。不幸的是,怕什么来什么。等她到了学校才知道,录取她的长春财经学院,刚刚才从三本升为二本,依旧收取三本的高额学费。

这事让她至今如鲠在喉。幸好,她和姐姐都申请到了特困生补助。

每次回家,周芳最爱干的事就是上茶山拍照,雪中茶山、雾霭茶山、夕阳茶山……不同风情的茶山美照和妈妈牌美食,每次都能引得朋友圈一片点赞和羡慕,想来打卡的人不在少数。

那年,周芳的老板还真的又带着家人和几个同事故地重游。除了茶山每次来都有新体验之外,周芳妈妈做的桑叶粑粑也让好多人念念不忘。

他们返程时,后备厢硬是被周芳妈妈塞得满满当当。豆豉、腊肉、魔芋豆腐……还有自家攒的和亲戚家凑的几十个土鸡蛋,也被码进米袋子,安顿到被各种山货占领的后备厢里。

这些,是女儿们每次回家都会有的待遇。回不了家时,寇玉兰也会时不时把孩子们想念的味道快递过去。

2021年寇玉兰过生日，四个女儿从四面八方寄来礼物，手机、衣服、鞋子，被女儿们配齐了一整套新的，当天还有人发"520"红包。农家乐的生意也越来越好，最差的淡季，也能有两三千元的进账。

寇玉兰觉得，半生都在苦水里泡着的自己，终于要开始享福了。

天边"彩云"

"你知道吗？两山学院新来的讲解员，在人民大会堂上过班，还给李克强总理按过电梯嘞！"说这话时，寇清新被晒得绯红的脸上，带着几分惊奇和得意。

他说的这姑娘，来蒋家坪的第一天，我们就一起吃过饭。那天，乡村振兴实践创新基地蒋家坪研学点的负责人习超，请了安康职业技术学院的江华老师，给已经提前上岗的罗杰和几个有意向来工作的女孩做培训。在平安居门口碰到采访回来的我们，非要拉着我们一起吃饭。

饭桌上，习超和江华反复给这些"90后"应聘者做心理建设，怕山上的清寂直接吓跑这些年轻人。更怕她们图新鲜，答应先干着，干不久就打退堂鼓，让两山学院挂了空挡。

"我今天就可以留下来。"吃完饭，陈彩云就用实际行动表明了自己的决心。看得出，习超和江华都有些惊讶，反复确认她一个小姑娘敢不敢住在山上空旷的大院子里。他俩还嘱咐住在两山学院附近的罗杰照应着点儿这个初来乍到的小姑娘。

那天面试的三个女孩里，陈彩云的气质最出众，她清澈坚定的眸子里，透着一股踏实劲儿。吃饭时，她就坐在我们边上。吃完饭，她约我们下午一起去茶山散步，俨然一副今后要长期生活在这里的样子。

当天，陈彩云真就一个人住进了两山学院。据她后来说，那一晚，被外面的风吹草动吓得没怎么睡着。朋友圈里，她发的倒全是山间生活的美好和悠然，还有对新工作满满的斗志。

在陈彩云干满一个月的时候，她有了许多感想。

> 来这里上班，接触的人都有文化、有气质，举止言谈都让人舒服，见得多了，自己也想成为那样的人。环境真的很重要，以前我在舞蹈班、模特学校时候，完全没有这种感觉，只会觉得自己越来越浮躁。
>
> 我来山上一个月了，一点都没有无聊的感觉，反而觉得自

己的生活都变得健康规律起来，手机都玩得少了。晚上，山里特别静，我就会想翻书看。早上起来，看着山里云雾缭绕，也特别想大口呼吸，跑跑步。

前几天，有一个来参观的姑娘，跟我同龄，她看了我的工作生活环境后，说很羡慕，认为这里简直就是神仙工作。山上这么美，完全没有城市里逼仄的压力，待到山上整个人都神清气爽。

我也确实很享受在这里的状态，锻炼人、诱惑少，能让人心静下来，自己只要耐得住这里的寂寞，以后一定能稳重一点。感觉这份工作就是当前最适合我自己的，很养心。

这一个月里，我的讲解稿不停地改，从 20 页 A4 纸，压缩到现在的 4 页，我几乎能讲到上句就自动想起下句了。背稿这个过程，才真正地开始了解蒋家坪的发展变化，也真正明白这个两山学院的意义。

以前我从不关注新闻，现在会主动去了解政策，抖音里刷到蒋家坪的视频，也会很激动，感觉这里就是我的第二故乡。

我在村里出现得久了，路过的村民都会主动打招呼，家里种西瓜的，还会招呼着进去吃瓜，感觉特别亲切。跟村上人聊天，也特别能感觉到他们那种向上的驱动力，以前生活穷苦，现在生活好起来，都很有信心。

2017年，19岁的陈彩云迎来了人生的第一个高光时刻。彼时，她正在旬阳职业技术学院读中专。突然有天学校通知人民大会堂来选拔学生，从全校女生中选出30位参与初选，再到选出10人参与复选，陈彩云最终成为全校两个去人民大会堂参与社会实践的女生之一。

在人民大会堂做会议服务，光礼仪培训就一个多月，仅仅是练习用无名指和小指夹紧杯盖这一个动作，就不知道打碎过多少杯盖，直至能把揭盖、倒水一系列看似简单的动作做到如行云流水、万无一失，陈彩云才终于能真正走近以前在新闻联播上看到的各种大型会议。

因为表现出色，陈彩云又被抽调去科技部服务几个月。在这里，她意识到读书的重要性，每次为部长送完材料，他总会让陈彩云在书架上拿些书去学习，勉励她"小姑娘要多学习"，在楼道遇到也会问她有没有吃饭，即使是失手打翻了咖啡，领导也完全没有任何指责的意思，还叮嘱她小心别烫着手……

在北京的两年里，陈彩云见过太多太多的大领导，但无论多么大的领导都亲切得像自己的爷爷一样，所有人都温文尔雅，这样的环境，让她格外珍惜。

此外，一个月6000元的底薪，加上加班费和偶尔的宴会布置费，最高一个月能拿到8000多元，而吃穿住行全部统一安排，工资发多少基本就能存多少，这让还没有毕业的陈彩云更加不舍这份工作。

但是这样边上学边工作，还离家这么远，让陈彩云的父母始终不安心，怕女儿就此留在北京不回来，就极力劝她回来继续上学。

就这样，陈彩云不舍地离开了人民大会堂，考到安康职业技术学院学前教育专业。

在父母的认知里，女孩子学这专业再考个教师资格证，毕业后稳稳当当地考个教师，是最圆满、最稳定的生活。

大专毕业后，真正到幼儿园去实习，陈彩云才发现，自己完全受不了幼儿园的吵闹，且实习期一个月只有1800元工资，让她内心落差极大。

辞去幼师工作后，陈彩云当过舞蹈老师，也当过模特学校的培训老师，但始终都不是她内心渴求的工作。陈彩云想要的是能像之前在北京一样稳定且能提升自己的平台。

直到习超打电话给她，问她愿不愿意来乡村振兴实践创新基地蒋家坪研学点看看，这里刚刚建好，正在招兵买马，想要陈彩云来试试讲解员的工作。

2021年6月24日，来蒋家坪报到的第一天，陈彩云就决定住下来。山上的静谧，让她有了从未有过的安然。

虽然这里没有正式对外开放，作为第一批员工，也不知道后期会发展成什么样，但陈彩云却隐隐觉得，这份工作留给自己的精神财富更多，更值得写进履历……

体制内外

进体制，端上铁饭碗，是不少农民对孩子最好的期许。跳出农门，也是不少农村孩子的第一愿望。

但罗永义偏偏不安生，在体制内两进两出，两次捧上铁饭碗，两次都主动辞掉。

1991年，当了四年兵的罗永义，退伍后被安置到老县镇派出所。从22岁到30岁，罗永义用自己的青春换来了一个副科级岗位，当上老县镇计生服务站站长。在大部分人眼里，罗永义仕途坦荡、未来可期。

只是，微薄的工资，永远紧巴巴的日子，让罗永义觉得，这不是自己想要的三十而立。

听朋友说，新疆机会多，钱好赚，罗永义就果断辞去公职，带着妻儿举家迁到新疆米东。当年，这个决定震惊了所有家人朋友同事，但没有人能劝住打定主意要搏一搏的罗永义。

第五章 青年归来

初到新疆，罗永义租住在租金最便宜的干打垒里。为了省钱，一块钱的公交车他都不舍得坐，有时候没地方休息，就捡几张报纸，铺在公园的椅子上睡一觉……

入疆的头两年，罗永义没给自己添过一件新衣服、买过一双新鞋。一个下雨天，罗永义路过垃圾桶时，看到别人扔掉的一双旧鞋，他拿起来看看，码数只大不小。虽然脏了点，但比自己脚上这双已经漏水的鞋子还强一些。他就捡回家洗干净，替换了自己那双已经破得不能再破的鞋子。

"当一个人懂得放下面子的时候，才能真正拾起里子。创业阶段，一切以省为主。况且，我又不是买不起，只是觉得没有必要把钱花在这种事情上，好钢就要用到刀刃上。"罗永义说。

的确，当时的罗永义收入并不差。做房产销售，一个月有1000多元的收入，是他过去工资的两倍。一年时间，他就从销售员干到项目经理。

赚得越来越多，但生活依旧朴素。罗永义秉持着"钱要用到能生钱的地方"的想法，攒下的一笔笔收入，被用在开粮油店、茶楼、棋牌室上。

在新疆站稳脚跟后，全家的户口也跟着迁了过来。两个弟弟、两个姐夫，甚至还有村里想在外淘金的，他都热心地帮着拉扯，介绍到新疆打工。

2006年，罗永义再一次通过考试，进入了体制——乌鲁木齐市米东区建设局。但倒腾二手房的老本行，他并没有就此放下。赶上房地产爆发期，加上之前各种副业的累积，罗永义也算是实现了财富自由。

"脚下良田千万亩，就恋家乡一片土。"富起来的罗永义，从两三年回乡一趟，到一年回乡两三趟，在50岁这年，他再次做出一个让很多人不理解的举动：辞掉公职，回乡发展。

罗永义回乡，倒不是出于"富贵不归故乡，如衣绣夜行"的狭隘心态。30岁出去时，看重的是外面的机会。50岁回归，看重的同样是家乡的发展机会。

他感觉，出去20年，老家也迎来高速发展期。有了资金，同样是要投资，为何不回乡投资，带动老乡的生活好起来，让家乡越来越好？

他先跟妹妹合伙，在安康市开了一家美容会所，一年有十几万元的分红。又跟几个合伙人在安康高新区成立电气设备制造公司。

他很想将资金投向自己的老家蒋家坪，甚至打算把自己的户口也迁回村里。只是，如今农村的优惠政策多，户口倒金贵起来，并不是想迁回就能迁回的。

在村委会对面，罗永义买下三间屋子，还注册了电商品牌，时刻准备着。村里说要等着乡村振兴的整体规划出来了再动,房子至今还闲置着。

过去老宅所在的王家院子地理位置偏僻,生活极不便利,但如今也恰恰因为位置偏僻,在生态环境上独树一帜,被罗永义相中,想着之后开个陕南特色民宿。

罗永义觉得,只要顺应政策勤奋苦干,他回村发展的事一定能成。

青年罗鑫

站在蒋家坪村委会前的小广场上环顾一圈,最抢眼的房子,就数罗鑫爷爷的大洋房了。

这房子,是罗鑫在河北开凉皮厂的小叔盖的。一是给自己父亲养老,二是在村里建个过年可以回的家。

叔叔出去得早,当了老板,也有远见。村上的茶山刚红火时,他就让罗鑫去咨询村委会,看能不能搞观光车生意。这个想法被拒绝后,他又资助罗鑫开起小卖部。

小卖部是村里一个小聚点,端着饭碗的妇女、无聊的老人,以及望着零食垂涎的留守儿童,都喜欢聚在门口凑热闹。

修村道时，也是以罗鑫家门口为界作为临时闸口，实行交通管制。罗鑫有时候会坐在门口，义务帮忙开关闸口。

门口志愿者服务点的牌子，是县文旅局钉上去的，几次被风吹掉，又被罗鑫的父亲罗显义反复钉上。在他看来，挂上这个牌子，就要免费给游客指路、添热水。

一整扇贴着磨砂纸的玻璃门，从中间向两边推拉开两扇，正对着的墙上贴着色泽鲜艳的财神画。左侧墙上，有一幅更大的年画，送财童子抱着几沓百元大钞和各种金银财宝，上面写着"宝盒打开财宝滚来"。

相比墙上浓艳的财神画，下面立着的货架，显得有些简陋。几种常见的饮料、面包、薯片和辣条，还有一个只存放少量雪糕的冰柜，就是这个小卖部的全部陈设。

冰柜旁边，是罗鑫的卧室。

已是仲夏，连着几天大暴雨，山上被浓浓的雾气笼罩着，气温也骤降到20摄氏度以下，冷风裹着湿气，不少人都套上外套、穿起长裤。

大雨天，茶山的提水灌溉工程和村道拓宽项目都不得不停下，地里的活儿也没法干，游客更是一个都不见来，蒋家坪难得静了下来。平日里扎在村里各个角落忙碌的人们，也因这场大雨放了假。

罗鑫妈妈身体不好,对湿冷更是敏感,干脆点了火盆放在店里。不一会儿,就凑来一桌闲来打牌的男人。

小卖部左手边的套间里,罗鑫正敞着门坐在电脑前打游戏。

只要有人目光落在罗鑫身上,正在打牌的罗显义就会叹口气:"网络真是害了这一代人啊!"

临近中午,罗鑫突然摘下耳机,绕过打牌的桌子,进了小卖部右手边的门,后院响起一阵熟练地洗菜、切菜、炒菜的声音。没过多久,罗鑫满头大汗地从后院出来,叫爸妈去吃饭,自己却坐到收银台前擦起汗。

给爸妈做饭,是罗鑫每日的工作。只是没有人看得见,或是愿意提及。在村里人的口中,罗鑫这个娃子,就是个迷恋电脑游戏的啃老族。

一年多,他们所见到的罗鑫,大多时候都戴着耳机,目光呆滞地盯着电脑,不时发出敲击键盘和鼠标的声音,有时还会说出几个他们听不懂的怪词。父母有事的时候,他也会帮着看店,基本就是坐在柜台前耍手机,话不多。

偶尔也会看见他坐在门口的水龙头前摆弄渔具,说要去黄洋河给自己养的乌龟钓鱼吃。

和罗鑫交谈,是为了探寻农村留守青年的状态,他的现状,听起来就符合人们内心对不务正业青年的揣测。在那次漫长的对话中，这些揣测被不断打破，他的形象也在我们脑海中一步步立体起来。

这个出生于 1996 年的小伙儿，跟众多农村孩子一样，读到初三就匆匆逃离校园。

刚上初中时，罗鑫学习成绩名列前茅，还是语文和地理课代表。只是在叛逆期，很多变化都由一些小事触发。

上到初二，换了班主任后，体育课、信息技术课，全被人为地改成自习课。班里突然出现一批爱打小报告的同学，加上新的班主任情绪化的管理方式，让罗鑫觉得班里氛围全变了。

从开始只是不适应教学方式，到后来不学习就是为了对抗这个不喜欢的班主任，罗鑫的"变坏"，几乎在一学期内迅速完成。

罗鑫尝试着去跟父母沟通自己的变化，只是父母一张口就是怪罗鑫不争气。想要转学，家里也没有条件。带着没人理解的委屈和少年的桀骜叛逆，罗鑫辍学了。

在村里，这样的故事情节很常见。因为父母没有长远的打算，都是走一步看一步。孩子上了初中，已经有很强的决定能力，用父母的话来说，就是管不了了。

这时候，如果孩子说"我不上学了"，那就完全不上了，家长能做的只有善后工作。

罗鑫想去当兵，但之前发生一次意外，他被玻璃角划伤，胳膊上留有一道长长的疤痕，这个路也不通。

跟着姑父南下进厂，罗鑫拿着每月3000元的工资，在流水线上做起耳机线。第二年，他被拖欠了2000元工资，就又想着去投奔在河北打工的表哥。

17岁的罗鑫，在校园里桀骜，来到社会上却显得天真。找工作的路上，他遇到一个大叔，说给高速路安装升降杆和防护栏的工程招人，一天300元，如果愿意就跟着一起去。罗鑫就这样毫无防备地跟着去了，没承想，一觉醒来，身上的千把块钱和笔记本电脑，都跟着招工大叔一起不见了踪影。

那天，罗鑫报完警，用派出所电话问姐夫借了200元，也不知道自己该去哪，就在路上一直往前走，委屈就着眼泪止不住地倾泻。

忘了走了多久，一个大他十来岁的大哥，说在路上折返两次都看见他抹着眼泪一直往前走，就过来问了情况。之后，带着罗鑫买了一身新衣服，还带他回家住下。

罗鑫感觉自己被救赎，不只是将他从眼下无依无靠的窘境中解救出来，更将他从对社会的不信任中拉扯出来。那是他第一次觉得世界上真的有好人。

罗鑫就跟着这个老板，当起烧烤师傅，时薪25元，包吃住。在这里，罗鑫一直干到这个老板转行。此后，他还在西安的网咖里做过几个月的领班，每天负责叫人开早会，3000元的底薪外，卖东西还能赚些提成，勤快点每月能挣到五六千元。

再之后，他在网上认识了一个人，就跟着一起去北京现代学院进了后厨，日薪100元。虽然挣得比之前少，但罗鑫很喜欢那段经历，每天除了骑着三轮车采购，在后厨切菜、熬鸡汤之外，就是去操场，仿佛自己也是大学生。

他不断地设想，如果当时有个人点醒他，如果自己当年能好好上学，现在也该跟他们一样，享受着大学生活。

但人生，从来就没法回撤。

频繁更换住所和工作，对于没有人生规划的少年来说，再正常不过。

再后来，他又跟着表哥进剧组做场务，负责维持片场秩序，一天能有二三百元的工资，剧组里的一切让他感觉新鲜。跟了三个剧组，认识了一个灯光老师，喊他去学灯光，他觉得是个不错的选择，已经做好了准备。

当时，他正在《对你的爱很美》剧组，张嘉益、宋丹丹、沙溢、刘敏涛……这些过去电视里的大腕儿，成了他在剧组可以近距离接触的组员。我们交谈时，这部剧正在电视上热播，罗鑫言语中、眼神里有藏不住的喜悦和自豪。

只是，妈妈突然间病倒，让其他的一切都变得不再重要，也不再能按预设的轨迹行进。

不等戏杀青，他就拿着万把块钱提前回来了。母亲因为糖尿病并发白内障、心脏供血不足，以及风湿引起的腿疼，还有严重的颈椎病引发的头晕、恶心，在医院进进出出折腾了好几回。

出院很久了，罗鑫妈妈依旧是一副病恹恹的状态。状态好时还能勉强做饭洗碗，状态差的时候连路都走不了。

罗鑫要给妈妈做饭、看店。收银台边上，一个红色的筐子里满满当当地塞着各种药盒，都是妈妈每天要吃的。

疫情过后，又有两三个剧组喊罗鑫去，但他再也没能出去过，仿佛所有的人生规划都就此搁浅。

说到这里，罗鑫忽然整个眼神都黯淡下去，声音都不再那么明快。

罗鑫感觉自己像是提前步入老年生活，在虚度时光地自耗。还没有好好上过班，就已经退休；坐等着也是一种开销，消磨着还没有绽放过的青春，过得懒散，内心却焦虑不安。

躺在床上睡不着，罗鑫总在想该怎么样去改变现状。但改变又谈何容易？不知道妈妈多久才能好起来，他什么时候才能没有牵绊地出去闯荡。更不知道眼前这个墙皮开裂的房子，什么时候才能按照他的设想，盖起二层开办民宿。

他有时候甚至不愿多想，害怕像自己减肥一样，努力半天最后还是徒劳。之前他买了瑜伽垫,每天坚持仰卧起坐、过午不食。从 200 斤减到 170 斤,只要稍有松懈,很快又反弹回 190 斤。罗鑫在 B 站上开了账户,想要把自己的人生愿景搬迁到网络上,在投入了太多精力的网游中变现。但山上的网络信号差,达不到大型网游直播的要求,总是掉线、延迟,就没再弄了。他更害怕像做游戏直播一样,刚起步就结束。

不做直播,他又开始做游戏代练,客户大多都来自之前加的游戏群。群里有开着特斯拉跑车的富二代,还有在香港上学的同龄人,也有靠着收租生活的拆二代……罗鑫把他们称为自己人。

替他们上星打标,一块五到两块一颗星,魔兽世界、王者荣耀、地下城勇士、DOTA 他都玩,也赚到过千把块的打赏,但罗鑫始终觉得这行废人,而且并不赚钱。他甚至开始反省,之前玩游戏上头的时候,花进去的六七万块钱,如今让他心疼不已。

后来,B 站上最吸引罗鑫的,不再是游戏主播,而是央视和共青团的视频,几乎更新一个看一个。2021 年,又跟爷爷一起看了《觉醒年代》,罗鑫最大的感触是:"青年人要有青年人的样子。"他还萌生了入党的想法。

之前,罗鑫觉得"平平淡淡才是真"这句话是大人用来骗自己的,内心并不认同。直到自己真正去开一个小得不能再小的超市,才知道过上平凡的生活并不容易。但他还是庆幸生于这个时代，让他这样的人也有很大的生存空间。

住在蒋家坪村委会跟前，感觉没少被照顾。这些好，罗鑫都记得。

脱贫攻坚的时候，罗鑫妈妈被雇去给驻村干部做了一年多的饭。过年，蒋家坪发鸡苗，给罗鑫家也发了12只。

谈起梦想，罗鑫不好意思地说，之前的梦想是当教师，感觉独自在山村里支教的人最伟大，只是，现在的自己配不上这个美好的梦想了。

说话时，罗鑫拿着一把水果刀不停在桌上划，把原本就已斑驳的红棕色老漆桌，划得更是面目全非。

而像罗鑫这样不满现状又无从改变的农村青年，远不止他一个。他们内心埋怨父母吃着没有文化的亏，却自己也不愿吃学习的苦；他们试图跳跃出父辈依赖于土地的生活，却又难以在城市过上想要的生活；他们想要逃离农村，却又无比企盼自己能参与到家乡的振兴中，企盼自己也能享受到农村发展的红利……

第六章

乡村创客

乡村经济形态常常反映着乡村精神面貌。单从地理上讲,蒋家坪属于穷乡僻壤,但从经济形态上说,可谓姹紫嫣红。这也正向反映出中国经济的潜力所在、韧性所在。

导演人生

一个皓月当空的夜晚,罗永康搬来了电炒锅,在千年老茶树下炒茶、泡茶,气定神闲。他是手工茶非遗传人,年近 40 了依然单身。他本职工作是一名副导演,常年泡在不同的影视剧拍摄现场,手机相册里全是和张国立、关晓彤等明星的合照。

浓浓的茶香,已是浸入骨子里的东西,无关乎你走得是不是够远,甚至,走得越远,记忆就越深刻,重逢就更迫切。所以,即便是回村小憩几日,罗导也会开火炒茶。茶香在炒锅周边扩散,越传越远,引来不少人,既是来乘凉、品茶,也为了坐在这茶树下说说话。

"康娃子,听说你把乌克兰小姐卖了!"罗克成也来了,平常不善言辞,今天开口就冒出一句笑话。

罗永康腾出温热的手,在罗克成的腰上一挠。这样的玩笑,在这对爷孙间已稀松平常。

2020 年新冠疫情期间,罗永康带着他的乌克兰女友在村上住了两个月,也在这棵茶树下炒过茶。这让一辈子没有走出平利县的罗克成开了眼。只可惜疫情"棒打"了这对跨国鸳鸯,乌克兰女孩有去无回。

一口茶水下肚,玩笑越讲越多。

最是"罗导"会营造气氛。他说,小的时候,村里经常有哺乳期的年轻媳妇奶水胀痛,于是便请他去一通狂吸,算作当天"学雷锋"一次。

众人添油加醋,纷纷描述当年刚吃过"百家奶"的康娃子,走在村里是怎样一副"王者归来"的熊样。

娱乐圈和蒋家坪,这两个原本很难产生关联的地方,却因为罗永康产生了交集。

在罗永康的朋友圈里,娱乐圈的繁华和家乡的烟火气并存。他发与明星大腕儿的合影,也发和家人的生活照;他发自己参与的影视剧动态,也发村里的生活掠影。

近几年,娱乐圈的内容,他发得明显少了。就算人在北京,常常更新的也是家乡的动态。父亲承包的那座茶山,高频次地出现在他的朋友圈里。

他觉得,这座茶山美,见证了父辈们几十年的坚持,值得用一部片子来记录。在他推介下,终于把自己的编剧朋友和美术组带回蒋家坪,碰撞出脱贫攻坚重点剧目《石头开花》的第一单元

《青山不负人》。

在蒋家坪，村里人都知道，康娃子在北京当大导演。但问起导过什么片子，连罗永康的父母也说不上来具体名字。所以不少人背后嘀咕，康娃子这个导演怕是个虚壳子。

2020年11月14日，《石头开花》的开播发布暨安康大集开市活动，在蒋家坪轰轰烈烈地举办，村里人见到好多以前在电视上看到过的演员，真实感受到康娃子的确是混这一行的。

常年漂在外面，罗永康回一次家，总受到老家人们的热情礼遇，他喜欢用"在外是根草，回村是个宝"来调侃自己。

这个村里人眼中的大导演，能进这一行纯属偶然。在北师大艺术与传媒学院读大二的暑假，罗永康跟着当时的舞蹈系女友回她的老家重庆玩，在饭桌上偶然得知一条招聘群众演员和导演助理的消息，他一时好奇，就跟着进了组。

没承想，原本只想做个暑期兼职，却一直到开学都没停下，后来索性办休学，一下进圈混了十来年。

导演助理听起来高级，其实就是料理导演的生活和工作上的杂事，当时一天50块钱，还经常挨训。然而万事怕熬，罗永康靠自己的吃苦劲儿，慢慢熬成"群头"，又干到选角副导演。罗永康在重庆一年多兼顾了四部戏，赚来人生第一桶金，也在重庆这个圈子打下基础。

在做完张国立自导自演的电视剧《不如跳舞》后，罗永康跟着张国立去北京发展。

初来北京，在重庆熬到的江湖地位被一笔勾销，他从最底层的场务干起。有一次在白洋淀拍夜戏，气温降至零下二十几摄氏度，身高一米八几、体重近200斤的罗永康在冰面上背着摄影轨道，最终被冻得哭出声。

2017年，罗永康在北京创立自己的工作室。他的片酬从一集3000元，慢慢涨到4000元，参与的项目从重庆发展到北京、横店甚至美国好莱坞。最赚钱的时候，罗永康回安康市里一口气买下三套房子。

在娱乐圈，钱来得快，走得也快。白天赚钱晚上花，总觉得日子飘在空中，虚无得有些疲惫，没有踏实感。

疫情让娱乐业迎来寒冬，很多项目像生病的蜗牛一样，迟迟开不了机。最艰难的时候，工作室每年17万元的房租和日常开支也付不起，罗永康不得不把名下的房子一套套卖掉变现。

娱乐圈的酒喝够了，家乡的茶却永远喝不够。

以前，罗永康一年才能回家一次，现在一个月有时就回来几回。身边的人，似乎对娱乐圈充满好奇，总喜欢问起他圈里的是是非非。每次听到，他都像创伤后应激障碍一样，感觉脑袋嗡嗡作响。

回到山里，山外的一切都被好山好水好心情自动屏蔽，有时候一整天都想不起要看手机。感觉娱乐圈的纷扰再与自己无关，什么都不用想，不再焦虑。之前要靠褪黑素入眠的他，回到家却总能自然入睡，一觉到天亮。

看着父亲十几年经营茶山，母亲和弟弟在平安居忙活，热热闹闹，哪怕就是帮忙端端菜、浇浇花，都让他感受到真实的忙碌是何等幸福。

罗永康最大的烦恼就是爸妈三句离不了催婚。在外混迹这么多年，罗永康谈过不少女朋友，但都不长久。他觉得外国女孩更单纯，更长情，光带回蒋家坪的外国女友就有三个。

对于罗永康的父母来说，一个或者三个，根本不重要，在他们眼中，外国人都长得差不多，唯一有印象的是第二次带回来的姑娘比较勤快，在家住的那段时间，每天都帮着干活，至于她是金娜还是莎娃，根本分不清。

三年没有开工的罗永康，到 2021 年 11 月，因为工作室的场地合同到期，不得不惨淡收场。他在落寞中，重新开始寻找新的人生方向。

2021 年夏天，罗永康在家连着住了一个多月，看着村里每天不少的游客，他异想天开地想在家门口的广场边上，做一个近几年很流行的悬崖秋千。

住在平安居的后院，他又想把之前认识的莫干山高管团队带到蒋家坪，谈一谈在这里做高端民宿的可能性……

几年前罗永康就曾试着把家乡的好茶推销给自己多年积累下的圈内好友。找了专业设计师，做素雅的包装，取名"从前慢"。

"从前的日色变得慢，车、马、邮件都慢。"这意境是如此熟悉，自己那远在大山深处的家乡不就是诗里的样子吗？从前慢、山中慢都透着一种朴素的精致，一种生命的哲学。

"从前慢"做得精美，价格也比之前高很多，他也只是在朋友圈发发广告，就比父亲每天坐在店里卖得快。

罗永康第一次意识到，也许这大山深处的蒋家坪，比娱乐圈更需要自己。

站在风口

1992年出生的沈小燕，毕业于西安工业大学，喜欢追求新奇事，喜欢折腾；同样是1992年出生的曾忠胜，毕业于湖南华岳电子工程学校，爱好摄影摄像，不甘于朝九晚五。

沈小燕出生在蒋家坪，是这个小山村里同龄人中为数不多的大学生。小时候，孩子们天不亮就要提着火盆去上学，每天路过千亩凤凰茶园，火盆随风忽明忽暗，一簇簇茶树像列队站立的鬼怪，瘆得孩子们头皮发麻。

就是这种特殊的童年记忆，让她们20多年后做出了"火盆土豆"的视频，一上线便成为爆款，让一伙年轻人站上了互联网的风口。

都说"站在风口猪都会飞"，沈小燕和曾忠胜并不认可这个说法，他们的成功是付出无数努力才取得的，并不仅仅是因为选对方向。

大学毕业后，沈小燕曾办过社区工厂，后来她在县城一家事业单位工作，然而只干了三年，就决定辞去这份工作。辞职的主要原因是曾忠胜的"忽悠"。

酷爱摄影的曾忠胜，大学毕业后在西安干了两年婚纱摄影，每天摆拍、修图，让他觉得生活太不真实。做真实的自己、过真实的生活成了这个年轻人的向往。

有一次，跟三个好朋友一起吃饭，他灵光一现，就想拍摄一些家乡的美食视频，在抖音和快手上推送。几杯酒下肚，名字都想好了，就叫"乡村生活"。

曾忠胜懂技术，负责拍摄、剪辑，"胡子哥"形象好可以出镜，另外两个哥们儿一人掌管后勤，一人负责营销推广。

2018年11月23日，第一条视频发出，收获3000多人点赞。

四天后，第五条视频即为爆款，点赞者超过 10 万人。

这条视频拍摄的是在火盆里烤土豆，那是四个人共同的儿时记忆。不，应该是五个人，此时已经和曾忠胜恋爱的沈小燕也有同样的经历。

冬天的凌晨，在崎岖的山路上，三三两两的孩子搭伴去上学，每人手上提着一个木炭火盆，火盆既用来照明，也可以取暖。点点星火里，有孩子们的欢声笑语，也有对走出大山的渴望。

到达教室后，火盆放在脚下，随身携带的土豆埋在炙热的火堆里。早课结束，孩子们迫不及待地从火堆里扒拉出烤得焦黄的土豆，教室里香气四溢，这就是大家的早餐。

与其说是一条美食视频，不如说是那些走出大山的人们的一份乡愁。这也让曾忠胜团队一下子找到拍摄的方向：在最原始的场景，做最传统的美食。

一台单反相机、一包食材佐料、一口炒菜用的锅，每期一分钟长的视频，他们要分成四五十个镜头来拍摄。有时饭做得很难吃，但色彩搭配得极其美。

为了吸引观众，他们把做饭的地点选在人迹罕至的大山里，美景与美食融为一体。

万事开头难。最困难时，连买菜的钱都凑不出来，一瓶矿泉水四个人分着喝。家人们看着他们早出晚归却干些"不打粮食"

的事，强烈要求他们转行。

咬着牙坚持了六个月，一家卖竹笋的企业主动找上门来谈合作。

第一次带货便卖出 2 万斤竹笋，收入 5000 元。当天晚上，四个人尽情地喝了一场酒。这天，他们的抖音号粉丝涨到了 240 万。

随着粉丝量的累积，从找客户合作到挑选客户，转变仿佛就在一夜之间。

南方的一家食品厂生产的萝卜丁，吃到嘴里能发出"咯吱、咯吱"的声音，被植入一个鸡蛋炒米饭的视频后，生生将一个濒临倒闭的工厂救活。

曾忠胜记得，萝卜丁的视频是早晨发出的。当天，四个人进山去拍摄，手机没有信号，晚上回到住处一看，所有人吓了一跳。生产企业按照约定给公司打来 80 万元佣金。

四个人顿时变成不识数的孩子，一遍遍地确认"8"后面有几个"0"。

对于目标月薪 5000 元左右的年轻人来说，这样的成功来得有些突然、有些猛烈。

外省的商务活动排着队，一次出场费用从 10 万元涨到 20 万元，导致视频的拍摄时间大量减少，赖以生存的每日更新已没法保证,"产品"告急。

能共苦,难同甘,这是合伙且不规范管理的生意的通病。收入越来越高,团队成员间的分歧也越来越多。2020年6月底,在北京出席完一个商务活动后,团队的核心人员称病请假半个月,视频无法录制,终于到了"弹尽粮绝"的这一天。

2020年7月底,这个拥有数百万粉丝的抖音号停止更新。团队成员间的互相猜忌日益加重,甚至有人提出,让这个红极一时的抖音号自生自灭。

2020年11月,一家外省企业主动找上门来购买这个抖音号。最终,曾忠胜和另外两人作价300万元退出,其余一人成为新公司的合伙人。

至此,这个带给曾忠胜无限希冀的创业梦破碎。后来,曾经的四个合作伙伴也都反思过去为什么没有珍惜大好的机遇,但一旦分开,就再也回不去了。

早在抖音号停止更新后,曾忠胜就拉上沈小燕开始着手创建"山村料理"新号,主要是搞笑视频加美食,一个月便拥有了10万粉丝,但与曾经的辉煌相去甚远。

后来转成"家有好物",粉丝量20万,曾忠胜、沈小燕和另外两个朋友为共同股东。

"风口常在,但对个人来说,一生可能只有一次。"曾忠胜说尽管自己曾经拥有过,但想想还是很遗憾。

2020年4月25日,沈小燕在紧邻凤凰茶园的地方给父母盘下一间民房,开起了超市。

因为是村里的贫困户,两年前沈小燕的父母在镇上分到安置房,村里的老宅按政策已腾退,老两口到镇上过起了曾经向往的生活。

4月21日后,凤凰茶园游客井喷,蒋家坪人也迎来了就近致富的风口。这对于有着丰富创业经验的沈小燕来说,又是一次难得的机遇。

从租房到开业,不到一周时间。最火爆的"五一"小长假,20平方米的小超市,一天营业额就达到6000元。

励志明星

2021年6月30日,蒋家坪迎来了自党支部成立以来最盛大的一次党日活动。为庆祝中国共产党成立100周年,村里几乎所有党员,包括过去因为身体不便没法参加日常党员活动的老党员,也都被村干部和年轻党员开车接来村委会。

那天,蒋家坪村委会格外热闹,几年不见的老党员们终于有机会坐到一起聊聊天。老县镇党委委员、组织委员杨东和蒋家坪村支书寇清新,向健在的党龄达到50年、一贯表现良好的老党员颁发"光荣在党50年"纪念章。

给老党员颁完奖章,紧接着,头顶的电子字幕就由"蒋家坪村庆祝中国共产党成立100周年大会"变为了"蒋家坪2021年度第二季度道德评议会"。

寇清新介绍起六组黄自华的情况,他这几年回村发展养猪产业过程艰辛却始终坚持,推选他为本季度的"励志明星",党员们全票通过。

黄自华上台领奖时,寇清新给他戴上了大红花,他的脸瞬间绯红,露出羞涩的笑,腼腆地接过了杨东颁给他的奖品——一条漂亮的夏凉被。

从"爱搞事"到"励志明星",黄自华的转变,全因一条路。

几个月前,蒋家坪村委会的办公桌上出现了一份《老县镇蒋家坪村党支部关于省委督查室暗访督查反馈问题的整改方案》,反馈的问题及主要表现里有一条:群众反映的问题解决不及时,例如六组产业路无法通行,影响黄自华养殖场建设。

这事,黄自华之前是有怨气的。

在六组干养殖,最大的问题就是路。一下雨,六组那条土路基本就过不了车,要不是这截迟迟不通的路,黄自华的猪场扩建耽误不了那么久。

早先父亲在世时，家里养着百十头羊，可六组的两相电带不动切草机，父亲就手动铡草，在一天天的咬牙坚持中，企盼着电改的消息。直到山里的人搬得越来越少，再也达不到电改要求的规定人数，父亲就彻底病倒了。最终那些羊全部以几块钱一斤的价格，被赔钱处理掉。

随着父亲倒下的，还有全家的生计。爷爷、奶奶、哑巴叔父，还有年幼的妹妹，人人都有一张需要吃饭的嘴，却个个都挑不起生活的重担。重压之下，初中毕业的黄自华只能早早外出奋斗，扛起家庭的重担。

16岁的黄自华去东北投奔堂哥，从工地上的小工做起，一天只能赚25元的工资。这让他意识到，必须掌握一门手艺才能撑起全家的生计，基础的工作只能勉强给自己糊口。

1983年出生的黄自华只有初中学历，但在学习方面却从不含糊，到了北京的建筑公司后，从水电工学徒做起，凭着勤学好问，很快就能独当一面，因为踏实可靠，还被老板带去内蒙古开拓市场。

在内蒙古，一天就起码有100元的收入，最好的时候，做一个配电柜就能赚800元。

在外漂泊的四年里，黄自华除了每月准时寄回家的钱，还攒下了十几万的积蓄。2011 年，老县镇迎来了搬迁热潮，他觉得是时候回老家发展了，在外面挣得再多，都觉得没扎下根。

手头积蓄加上贷款 8 万，黄自华终于在老县镇买地盖起了属于自己的房，也很快在新房里娶妻生子。大规模新建的住宅都需要做水电，黄自华回来得正是时候。他用自己的技术和人品打出了口碑和市场，巅峰时期，黄自华一年就有 30 多万的收入。

但随着搬迁热潮的退去，水电工作已不像过去那样赚钱。可已经成家立业的黄自华，再也不想外出打工，用他的话说，出去打工干怕了，离家远，还不自由。在家里干活，好一点一年十一二万，最差一年也有个六七万。

听说村里的通组路全部要铺水泥，黄自华就有了回村发展的念头。毕竟，家里那么大的养殖场空着，山上那么多田被撂荒，谁看着都觉得可惜。

办养猪场，不是黄自华一时兴起。家里过去就有养殖经验和场地，爷爷的老房子也可以改建成猪圈。加上这几年猪肉价格跌到谷底，黄自华预判，多养能繁母猪，反弹期一来，一定可以大赚一笔。

黄自华是个实干派，说干就干，满腔热情地去买好了钢筋、沙子，准备轰轰烈烈地大干一场，把家里 100 平方米的猪场扩建成 300 平方米。谁知道，一直等到钢筋生锈，路还是没通。

最后，这些生锈的钢筋，只能低价卖出去，赔了四五万元。

去年，黄自华再次开始动工，连着几天的大暴雨，让六组的路完全走不成了，黄自华向村委会求助，村上给了 5000 块钱，让他拉几车石子把过不去的路段铺一下。没过几个月，水泥路就全部打通了。

如今养猪场已经正式开始运营，但黄自华始终没有放弃在村里发展更大事业的念头。除了养猪，黄自华还想过把土地流转过来，集中起来种山茱萸。毕竟过去大家都抢着要的土地，现在却已经大多被撂荒了，看着这么好的土地平白被浪费掉，黄自华心有不甘。

虽然当前办养猪场的效益还没显现，黄自华还要靠做水电来维持基本的生活，但看着村里日新月异的变化，以及越来越多的年轻人回归创业，黄自华始终对蒋家坪的发展有着强烈的信心，对在家创业也抱有极大的热情。

汪家蒸面

"请问，你不是贾乃亮吧？"汪军行走在安康的大街上，忽然有小姑娘截住他。

"知道不是,你还问什么?"他扑闪着大眼睛不温不火,对方依然被闪得五迷三道。

"你能帮我签个名吗?"汪军端着一盘蒸面行走在自己的饭馆里,常有食客截住他。

"签了名也不会给你免单的!"他扑闪着大眼睛边开玩笑边走开,对方才把目光投向那盘蒸面上。

"喔,你看他好像是那个谁来着?"

……

36岁的汪军,长了一张明星脸,经常会遇到这些被误会的场景。他不是文艺明星,是蒋家坪村七组村民,一个初中毕业后进城务工者。

当不了明星的汪军,从15岁离开村里时起,始终怀着一个明星梦:他要用自己的努力,成为商界精英。

21年的努力,汪军的梦想基本实现,仅一手创办的"汪家蒸面",在安康市门庭若市。蒸面店有多火呢?高峰时排个把小时队,那是稀松平常的事。

这样的"明星餐饮",汪军创办了不止一个。

"如果一直守在大山里,我不知道自己现在是不是36岁的光棍汉。"汪军说,在贫穷面前,相貌一文不值。

15岁那年,他只身来到安康市打工,人生的目标是能拥有一辆属于自己的自行车。因为在镇上读初中时，步行上学的学生常常被视为"二等公民"，那些家境富裕、长相歪瓜裂枣的男同学，自行车后座总是坐着一个花枝招展的女孩。

每及此景，他内心里会骂道："好白菜都让猪拱了。"——也就过过嘴瘾而已。

第一份工作是给油坊厂做推销，每月 150 元的底薪，卖出一斤还有两毛钱的提成，汪军觉得自己的好日子不会太远。

为人勤快、实诚，加上那张明星脸，2010 年那会儿，他一个月可以挣到 1000 元。这样的日子持续了三年，汪军的卡里已经有了 16000 元的积蓄。此时，拥有一辆自行车不再是他的追求目标。

三年合作中，有的客户看到小伙子人品好，建议他自己加工香油，直接供货。已深谙这个行业门道的汪军早就有这样的想法，他真的自己开起了香油坊，但把之前熟悉的客户全部屏蔽掉，他不想和曾经的老板抢生意。

渐渐地，香油坊已经无法承载一个青年的创业激情，汪军同时开起蒸面店。红火生意带给他的不仅有满盆满钵的金钱，还有不断膨胀的欲望，一两个小店面不足以容纳。

2009 年，汪军开始布局自己的商业版图，他一口气干了三件大事：

在安康市著名景点香溪洞开了规模较大的农家乐；在市内开起一家蒸面店；投资30万元，和朋友合伙开办一家沙场。

那出古老的剧情终于在这个年轻人身上重演：眼看他起高楼，眼看他宴宾客，眼看他楼塌了。

沙场起初每月账面上有四五万元的分红，因为合伙人贪婪，卷走所有的钱财跑路了，实诚的汪军不仅分红分文未得，连最初的30万元投资也分文不剩。

大型农家乐从转让费到装修是一笔巨资，但生意远远没有预想的好，保本运行已很艰难，关门无法避免。

只有蒸面店成为"现金奶牛"，但远远不够另外两个"败家子"胡造。一下子，汪军背负上近80万元的债务。

"如果你是鸡，就要刨食吃，哪怕站在谷堆上你也不能贪心，也要划拉爪子刨食。"汪军说，盲目投资导致的失败，让自己一下子清醒起来，也看清不少人和事。

汪军的母亲有八个兄妹，在他最困难的日子里，母亲觍着脸面挨家上门求助，居然没有借到一分钱。

"我说的是一分钱！"即便十多年过去了，汪军心里的这个结依然解不开。尽管他理解每一家亲戚的艰难与不易，尽管他后来将表弟带在自己身边，一个月给开5000元的高薪，但向舅舅、姨姨没有借来一分钱的痛深深地刺在他的内心。

实诚人自有天助。银行的 30 万元贷款让汪军重新燃起创业的激情。2013 年 4 月 8 日,他在安康市内黄金地段盘下 39 平方米的临街门店,开起了汪家蒸面。

五名工人负责蒸面、切面、端面,汪军和妻子负责收银和外购,生意那叫一个火。

每天早上四点钟,蒸面的师傅便开始上班,五点半陆续有客人来吃饭,六点后就要排队等待,长长的队一直会排到上午十点钟。

平日里,一天能卖掉 900 多份面,加上稀饭和鸡蛋,日营业额 7000 元左右。从正月初四到正月十五,每天营业额都能过万元。

2013 年,汪家蒸面共营业八个多月,汪军 110 万元的外债便全部还清。经历上次创业的大开大合,他开始踏踏实实、日复一日地每天在蒸面店忙碌。

汪军早已不再为生计的事发愁,他在安康市最好的地段买了楼房,还买了 50 万元的高级轿车,作为对自己这些年来辛苦创业的奖励。

该有的都有了,那个创业明星梦又在作祟。2018 年底,汪军投资 200 万元在甘肃庆阳开了一家 580 平方米的自助牛排店,人均消费 68 元。

可能是菜品和消费水平完全适合当地的食客，让他意外的是，生意超级火爆，仅仅用了六个月时间，200万元的投资便全部赚了回来。

西宁、兰州、酒泉、平凉、庆阳、安康，汪军和朋友一起，两年时间里开了六家餐饮店，如果没有新冠疫情发生，后续还有三家店开张。

疫情不仅延缓了开店的速度，还严重影响着门店的营收。汪军和朋友在西宁市投资150万元开的酸菜鱼店，仅仅营业一年时间便关张，150万元打了水漂。

这些年，镇村干部不断动员汪军回村任职，但他始终没有答应。他清楚，创业有时候也是青春饭，过了这个村很难再有这个店，如果瞅准机会不能马上下手，机遇就会稍纵即逝。而随着年龄的增长，人的胆量会越来越小，投资的手速也会跟着变慢。

"45岁前能折腾就尽情折腾。"汪军给自己定下不到十年的折腾时间，对他而言，这3000多天时间，每一天都很重要。

汪军有一个宏伟计划，等自己有足够的实力了，会在蒋家坪村建最好的民宿，让更多的朋友来自己的家乡欣赏薄雾霭霭中的日出，品尝清冽的黄洋河水冲泡的香茗。

"到那时，才真正有心思坐下来好好品味家乡的茶，品味家乡的山水。"汪军说，这样的生活时常出现在他的梦境中。眼下最要紧的是先把已经倒掉的老房子修缮好，那是60多岁父母心中的牵挂，也是他们的脸面。

桃花源记

汪显梅的凤凰生态农庄就开在去蒋家坪必经的山路边上。超大牌子立在路边，顺着岔路往进开，颇有《桃花源记》里"复行数十步，豁然开朗。土地平旷，屋舍俨然，有良田、美池、桑竹之属"的意境。

面对河，背靠山，假山、花园、竹制房屋、鱼塘、鹅卵石铺成的小路，在镇上难寻另一个这么美的农家乐。在整个老县镇，凤凰生态农庄的生意都算得上数一数二的。老板娘汪显梅自然也成了老县镇上的红人。

下午两点多，送走用餐的客人，汪显梅终于能抽出一点时间坐下来喝口水。

她身穿黑白豹纹连衣裙，外搭白色小西装，脚蹬一双米白色平底鞋，水晶蝴蝶胸针点缀在一身素色上。水钻耳环在披肩头发梢间隐约闪耀着，电话不断响起时，指尖的美甲也同样抢眼。

汪显梅是蒋家坪四名女党员之一，任村上的妇女主任，更是老县镇的女强人。

如果不是嫁到蒋家坪，汪显梅可能继续留在广东的企业做高管，在南方结婚生子。

从她记事起，父亲就因尘肺卧病在床，妈妈常年在外地打工赚钱养家。汪显梅跟着奶奶，边上学边照顾爸爸。上小学就开始自己提水、打猪草、踩着板凳擀面条，第一次独自煮面时，甚至不知道面条要开水下锅。

父亲在汪显梅读到高二时去世，家里连二三百元生活费都拿不出，成绩还不错的汪显梅，不得不选择辍学。

17岁那年，连安康市都还没去过的汪显梅，借了200块路费，拿着一张写着同村人打工地址的条子，就惴惴地挤进南下打工的人潮中。

汪显梅的灵性在流水线上得到显露。她只在生产线上干了三天，就被提升成质检员。三个月就升成组长，整条生产线30多人由她管理。九个月后，当上企业中层领导。

2009年，汪显梅被一通家乡打来的电话惊住了：从小跟她相依为命的奶奶，摔跤引发脑出血，状态很不好。

汪显梅当即踏上回家的火车，不料赶上南方特大冻雨，火车延误了几天。到家才知道，奶奶已经下葬三天。那个最疼她的奶奶，最终也没有等到她。以后世上再也没有婆惦记了，自己却连

第六章 乡村创客

最后一程也没有送上。汪显梅的难过一如下个不停的雪,绵绵漫漫。

"自己忙于赚钱的年岁里,亲人在变老、在远去,家乡也在悄然变化。"汪显梅记得,这次回来,家里亲戚开始给她介绍对象,劝她留在老家。

第一次见到冯少华,她只是看了一眼,他的脸已经红到脖子根儿,全程再没有敢跟她说一句话。

冯少华对汪显梅一见钟情,跑货车拉砂石料的间隙,一直用诺基亚手机给她发短信、QQ 聊天。就这样聊了一年,冯少华在电话里说要不结婚吧,汪显梅说妈妈还没见过他,不承想冯少华买了机票第二天就赶到广东。

跨越千里的求婚很顺利,两个年轻人将结婚的日子定在腊月初七。

老板一听汪显梅要回老家结婚,生怕她辞职不干,月工资给提到了 5000 多元,允诺婚假可以宽限到三个月或半年。

汪显梅最终还是选择嫁给爱情,放弃上市公司中层管理的职位。

妈妈第一次去女儿的新家,惊呆了。大山里的独门独院,还是土墙房。整个蒋家坪看起来很穷,这让她不由得担心起女儿未来的生活。

209

汪显梅倒是满心认可，她觉得山上人厚道、大方、豁达。尤其是蒋家坪这一山茶园、一方好水，让她着迷。

冯少华没有让汪显梅错付，也没有让丈母娘担心。结婚的第二年，就在集镇上买了地基。等到孩子出生，集镇上的三层小楼房也全部盖好。

公公冯朝荣当时在村上当文书，推荐蒋家坪的一块地方，想着引水上山做鱼塘，却因为成本太高，只好另选地方。

说起村上那片地，冯少华至今都觉得遗憾。要是把农家乐办在蒋家坪村里，环境会更好，他心里也更得劲。

在蒋家坪山脚下的龙头沟里，刚好有一片30亩的荒地，冯少华流转下来后，想打造出一个"复得返自然"的生态农庄。到处找设计师，最终选择了全竹木结构的方案。

经历种种难怅，最终打理凤凰生态农庄的担子落到毫无经验、完全没有准备的汪显梅身上。

每天陪着两个幼子成长的家庭妇女，重回社会的第一步就是接手一个规模不小的农庄。

开业第一周，只接待了一桌客人。但后厨喊、前台叫、服务员问、供应商找，汪显梅感觉自己一个头几个大。每天起大早，在市场里到处看看。有时供应商送来陈货，厨子不乐意，甲醇燃料没供上临时去借……汪显梅的慌张与怯火，慢慢地在一次次麻缠事中退去。

也想过放弃，但投了这么多钱，不干又能怎么样？咬咬牙，也就过来了。

刚开始手忙脚乱时，她并没有意识到自己的农家乐可以帮助到谁。直到公公冯朝荣在家里提到村上贫困户的东西不好卖，汪显梅开始上门收贫困户的山货和土特产。

村民的要价，她基本不还，木耳、土鸡、土鸡蛋、腊肉，只要农家乐能用上、质量符合要求，她都来者不拒。在通村水泥路修好之前，村民想下山卖个东西很不容易，一个电话过来，汪显梅就开车上门去拿。

有时，汪显梅开车翻山越岭，来回两个多小时，就带回来100个土鸡蛋。论成本，一家家上门取货远没有自己在镇上买菜方便、划算。但论感情，乡亲们的依靠和信任比啥都暖心。

有一次，汪显梅专程去收七组贫困户的土特产，天不好，车开不进村里，就借了一辆摩托车去拉货。老奶奶看见汪显梅满裤脚的泥，眼泪花都出来了，抓着她的手，死活让吃了饭再走。

虽然老奶奶年纪大了，饭并不可口，甚至不那么干净。但汪显梅还是被老奶奶诚恳疼爱自己的样子感动，泪拌着饭往下咽。

为了能把村民的农产品卖上价格，汪显梅的生态农庄也帮着做农产品粗加工，卖给外地旅行团游客和本地熟客。

帮人的快乐，让汪显梅获得了更多的价值感，也让她想在村上做更多的事。看到村上党员老龄化，汪显梅递交了入党申请书，之后还被选成村上的妇女主任。

身份多起来，生意旺起来，外界的声音也跟着多起来。汪显梅觉得自己比别人有底气，因为她所拥有的，都是凭本事挣来的。

此心安处

弱冠离，而立归。

2010年，刚满20岁的罗杰随着打工大潮从大山走出，南下深圳打工。然而，身在外地最挂念的还是那一口家乡味儿。

2020年，30岁的罗杰引领潮流返回蒋家坪，才体会到"此心安处是吾乡"的踏实。

跟村里所有年轻人一样，罗杰从小心怀着"我想出去走一走，看看这个大世界"的理想，有一股往外走的劲儿，而这种心思，隐隐地也和父母的期待基本达成一致。农村的家长大多持有朴素的观念，不希望孩子也跟自己一样当泥腿子。

所以，从安康学院计算机专业毕业，罗杰毫不犹豫地选择去深圳打拼。大学毕业前,罗杰去过的最远的地方就是安康市里。和同学们坐了一天一夜的绿皮火车,眼前的深圳,比想象中更繁华熙攘。

这个城市总是苏醒得过早,路灯似是仍有昏黄色的灯光,细看却是晨曦的折射。各种交通路线像蜘蛛网一样覆盖城市每个角落,一批又一批的人像蚂蚁一般被装卸着。整个城市犹如一个繁忙的壳,大家都在奔忙,奔忙在各自的生活中。

繁华中的奔忙,带来的疏离感前所未有,即使打拼十年,罗杰依旧感觉自己是城市的局外人。

从惠州电子厂的流水线工人,到在深圳当库管,工资从每月1000多元涨到4000多元,但不敢奢望的高房价和存不下钱的高消费,时常让罗杰拷问着自己在城市奋斗的意义何在。

只要内心开始动摇,一根稻草就能压垮之前所有的宏愿。

一次感冒中暑,全身无力的罗杰坐在楼梯上歇了四次,才爬到五楼的出租屋。生病总会让人脆弱多思,躺在病床上,深深的无助和孤独包裹着这个青年。

他想,身处异乡,就是自己此刻不省人事,也不会有人知道。毫无存在感的落寞,让罗杰第一次开始正视自己内心的声音。有人生在罗马,有人努力一辈子可能也走不到罗马。你的远方,只是别人的家乡。既是如此,为何不回自己的家乡去寻找踏实的未来。

几乎就是这次小病，让罗杰认定"总归是要回家发展的"。只是，年年回家找机会，年年都失落离开，大山深处的深度贫困村让他看不出来自己能在这里有什么出息。

2020年，新冠疫情来势汹汹，封村封路、工厂停工，罗杰2019年腊月二十一回来，一直待到次年4月还没有等到复工通知。在静待疫情稳定、经济恢复的日子里，罗杰大部分时间都是焦虑的。

焦虑来自迷茫，迷茫来自不甘。焦虑时，罗杰就往茶山上跑，坐在茶山上远眺，思绪也跟着飘远。

直到掩藏在深山里的蒋家坪迎来高光时刻，人气、资源和机会开始青睐这个小村，罗杰终于找到了回来发展的空间。

他和父亲罗显平谋划着，把家里目前的三间平房和空着的三间庄基地资源整合，加盖成六间三层的小楼，一层做茶叶土特产展销，二层做农家乐，三层做民宿。

有了目标，罗杰的步子走得从容。先是应聘到锦屏社区的供销合作社，从卖日常用品、土特产学起，到送种子、化肥入户，再到帮着老百姓入社入股协助金融合作。看似琐碎的工作，却让罗杰内心迅速充实。他知道，这些历练都能为他日后在农村发展积累经验。

虽然每月 3000 多元的工资不及深圳，但是毕竟离家近，开支少了很多，最主要的是家乡未来可期，这比什么都让人踏实。

2021 年 4 月，乡村振兴实践创新基地蒋家坪研学点完工，罗杰从供销社离职，成了研学点第一个员工，开始回山上练习讲解。

一方面，他的父亲、老支书罗显平年过六旬，每天一趟趟跑茶山，身体真有些吃不消，想让他帮着分担一些讲解工作。另一方面，研学点有茶叶和土特产的展销，接触的人脉资源也丰富，对想要以后自家开店的罗杰来说是很好的练手平台。

当然，罗杰回村发展的规划远不止于此。

他想带动更多的小伙伴回归，共同托起蒋家坪的乡村振兴；他也希望山里的好东西能真正形成规模和品牌，不光卖给来玩的游客，还能走出大山……

在蒋家坪的年轻人里，罗杰算是第一批回村发展的，也是村里变化发展的传声筒。

村上的路要拓宽了，茶山要建提水灌溉工程了，村里又要成立合作社了……村上的任何一点细微变化，都能让年轻人在微信群里沸腾一阵子。

山里娃，对山的感情太复杂。望不到边的大山，满溢着山里娃儿时的快乐，也积聚着山里娃走出大山的强烈企盼，还牵绊着山里娃的选择。无论是衣锦还乡，还是把回村当作退路，大山深处的家乡都始终天然地被列在选项之中。

小伙伴们对大山里发展的关注空前高涨，把自己的未来发展与老家建设结合起来的热情，也前所未有地强烈。

微信群里的热闹，让罗杰时常回想起大家共同的童年。罗杰还想，什么时候蒋家坪的茶山，也能开发成像深圳西冲海滩一样的地方，让人去了还想去……

2021年春节后，罗杰递交了入党申请书。他知道，乡村振兴的力量和希望，在党和国家，更在自己。

Postscript 后记

一

"茶山的自动灌溉通啦!"

在凤凰茶山承包人罗延会发出的视频里,一排排自动喷水淋头喷出的水幕,像一朵朵洁白的茶花在葱郁的茶园盛开,让秋天的茶园生机盎然。

想起几个月前,看到施工中挖掉一些茶树,罗延会曾发出"毁茶"的视频来阻止,并扬言要打一场官司。短短几个月里,何来这么大的转变?

让农民转变观念,最好的方法就是让他得到实实在在的实惠。

这方始建于20世纪70年代初的茶园,曾经是乡镇企业的明星,在工业独大的年代被遗弃,成为废园,直到人们把绿水青山当作金山银山时,集靓丽颜值和巨大财富于一身的茶园得以再次复兴。

时也，命也。

不同的发展观念下，农民会有自己的取舍。有时无可奈何，有时心甘情愿。

春种秋收，农民是对季节轮换、寒来暑往最敏感的群体。当属于自己的时节和运势悄然而至时，每个人都会"多撒下几把种子"。

二

10月，蒋家坪的百亩富硒稻田里，金灿灿的稻穗像初恋的少女般羞涩地低垂着头。

稻田的主人余治东和妻子陈玉芳早已过了害羞的年纪。夏天，我们目睹过这对年龄上"女大三"的伉俪，在农田里"夫妻开荒"时的场景。每每想到他俩是表姐弟近亲结婚，脑海里总会冒出一句俚语——肥水不流外人田。

喜看稻菽千重浪，稻花香里话丰年。

油菜花、月季、有机水稻、连片的荷花，余治东设想着做成一个集生产、休闲观光、科普研学等多功能于一体的田园综合体。

只是农业的投资大，回报周期长，连年迈的父亲在镇上开诊所挣来的把脉钱也搭了进去，工程依然停一阵、动一阵。

后　记

"做新型农业产业，人人都想当先驱，往往会成为先烈。"说这话时，余治东目光坚定，他是一名中年返乡创业者。

时下的农村，中年返乡已成为一种现象。

曾经年少的"70后""80后"涌入城市，梦想着人生自此就可发达。经过二三十年的漂泊、闯荡，有的人在城市安了家，变身准城里人，更多的人是完成了娶妻、生育、子女教育等事，没有牵绊地回到可以安身立命的家乡。

这些人不再浮华、不再虚荣。他们拥有一副仍可劳作的身板，却怀着一颗铅华尽洗的平常心；他们深知稼穑艰难，也明白霓虹无常；他们通达乡风俚俗，也知晓文明时尚；他们抽得下激嗓的旱烟，但绝不会随地吐痰……

这似乎是一批"城市大学"毕业的新农民，会不会成为乡村振兴的有生力量？

将来，无论余治东是创业路上的先驱，还是成为"先烈"，都值得为他喝一声彩。

三

漫天大雪里，一个身体健硕的男子赤裸着上身在双杠上做后摆起倒立，视频拍摄地点在蒋家坪村的文化广场上。

大年初三，看到村民发出的这个视频后，我们多方求证，才知道视频中的威猛男子是小鱼儿的爸爸。

小鱼儿三岁多，是村里的一名留守儿童。因鲜有玩伴，在我们驻村的几个月里，他像小尾巴一样黏着我们，有时带个路，有时拦个狗，帮了不少忙和倒忙。

在小鱼儿的话语中，爸爸是一个无所不能的超级猛男。他绘声绘色地讲述，在一个风清月朗的夜晚，爸爸如何徒手给他摘下天上那颗最亮的星星。

正是这种稚嫩的记忆，让小鱼儿有着无限幻想，也让我们对这位退伍老兵充满好奇，但始终没有见面的机会。

小鱼儿的爸爸常年在外打工，只有过年时回村住上一阵子，有村民说他是开凿隧道时的风钻手。

我们很想知道，在用那双握过钢枪的手抱起风钻不停地"突突"时，在烟尘弥漫的工作环境中，他对小鱼儿的思念是不是愈发浓郁？

在我们离开村子的秋天，小鱼儿到镇子上读幼儿园了，有妈妈和姐姐陪伴，他不再是留守儿童。

郁郁青山之间，袅袅白雾之下，烟雨中青砖黛瓦的古村，高低起伏的马头墙下，曲折小巷，潺潺流水，还有那徜徉在青石板

后 记

路上的游人……

这是许多人酒足饭饱之后,心中朦胧的乡愁。是的,乡愁常常出现在酒足饭饱之后。

对于农民兄弟而言,他们更希望拥有家乡,而无愁苦。

四

大黄的怀孕是我们离开村子后发生的。

大黄是村头一户人家豢养的土狗,虎头虎脑、机灵十足。一次无意识的投喂,它认定我们是好人。此后,只要我们路过,它的尾巴呼呼带风,主人便会略带醋意地嗲骂它是"有奶便认娘"的投机分子。

在好长一段时间里,打包剩饭去喂大黄成为我们调节疲劳的方式。看到它享用美食时的愉悦,比我们自己吃一顿好饭都舒畅。

大黄从不客气,也知感恩、会表达。

春节过后,大黄的主人发来微信,照片中的它奄奄一息。主人说,大黄生了三只小黄,从此护崽护食。

当第三只小黄被城里来的游客以50元买走后,大黄多日不再进食。

我们准备寄送一些美味的狗粮来安慰大黄,但想想它不是厌食,而是思儿,只好作罢。

精神的孤寂有时用物质无法补偿。

五

离开蒋家坪后,我们以爱屋及乌的心态时时关注着村里的大事小情,常常感念村民的坚韧、坚持和艰难,也常常感慨乡村振兴的画卷就这么徐徐地打开。

它应该是一幅《清明上河图》,生活气、烟火气十足,各种社会形态缤纷呈现。

从农村妇女手头的常伴物,由针线换成手机的那刻起,乡村社会的变革便悄然地、不可逆地开启了。

一频一帧,刷出的是心之辽阔,世界万物尽在眼前,人便很容易将自己代入其中,仿佛屏中之情境便是自己的将来。心尖尖上的变化,会随着血液一起泵向周身,改变在不易觉察中进行。

如原始的乡村邻里关系是共同"撵狼、照怕",属性为互惠地抱团取暖,单纯而必需;新型乡村邻里关系有的为"老板和员工",属性以利益为连接,唯利而善变。

在最新版的《现代汉语词典》里,"空心"的词义为树干髓部变空或蔬菜中心没长实。农村的空心化显然属于树干髓部变空,而非蔬菜中心没长实。前者代表曾经拥有,而后者意味先天不足。

"髓部"一词是准确的、刺激的,直抵要害。只有对农村空心之困的认知沦浃肌髓,农村的发展才能伐毛换髓。

用白描的笔触,关注和呈现乡村的现状,是写作本书的初衷,我们把它称为摸清乡村振兴的"家底"。

的确,穿衣吃饭靠的是家当。就是修两间平房,农民也要先看看粮囤里的米面深浅,何况乡村振兴当前呢?

蒋家坪是秦岭深处的一个小村庄,六年前,全村1200多人中,建档立卡贫困户接近一半,它也代表着这些年山区好大一部分村庄的村情:底子薄、突击富。关注村庄眼下的欣欣向荣,更要注目其背后的因由,对写作者而言,这是一个有写头的村庄。